有栖川有栖

有栖川有栖

英國庭園之謎

有栖川有栖◆著

林敏生◆譯

W&K Publishing

【導讀】

有栖川有栖的國名系列作品

◎傅博（推理評論家）

◆概說有栖川有栖的國名系列

從有栖川有栖自稱是「九〇年代的昆恩」這句話，不難看出他對推理小說的抱負與創作路線。十多年來，有栖川就一面堅守解謎推理小說的傳統創作形式，一面繼承艾勒里．昆恩之那種精緻的解謎過程之寫作架構。

艾勒里．昆恩是何等作家？實際上不必多言，其重要作品在台灣已經翻譯出版，是推理小說迷應該知悉的美國推理文學大師。

不過，在此還是爲年輕讀者做些說明，讓讀者與有栖川有栖的作品比較一下，也許更可以瞭解推理小說的香火是如何延續下來的有趣問題。

艾勒里．昆恩是歐美推理小說史上、黃金時期（一九一八～一九三〇年）的三大師之一。另外兩位是阿嘉莎．克麗絲蒂和狄克森．卡爾。從此歷史定位，即可知道他們是多產作家，其傑作與產量成比例之多，其作品架構各具獨自風格。如克麗絲蒂之作品，容易讓讀者移入感情，以欣賞多樣化之解謎世界。又，卡爾的作品世界雖然充滿怪奇氣氛，卻有超難度之不可能犯罪型的解謎推理。而昆恩的作品特徵是作品架構的緻密性和喜歡向讀者挑戰的遊戲性。

推理小說有很多種分類法，其目的是：欲以短短幾字的單語說明一部作品的內涵。以「解謎推理小說」而言，是「推理小說」之一領域，以解謎爲主題的推理小說之總稱。同樣是解謎爲主題卻有很多不同類型，從某種角度分類，就有其角度的分類法。

筆者曾在有栖川有栖的《魔鏡》和《第46號密室》二書之〈導讀〉言及「短篇」與「長篇」的架構問題，以及「不能犯罪型」與「不在犯罪現場型」的寫作形式問題，這些就是從不同角度所作的分類法。

解謎推理小說的另一種分類法是「挑戰型解謎推理小說」與「非挑戰型解謎推理小說」。所謂「挑戰型」是作者必須在偵探作解謎行動之前，將犯罪現場的狀況、事件關係者的言行、偵探的搜查過程等與解謎有關的諸項要件公開給讀者，讓讀者與偵探站在同一地點去推理、解謎的作品。「非挑戰型」的作品，大部分是特殊架構的作品，以及作者自我陶醉的失敗作。

解謎推理小說原來的主旨就是讓讀者參與推理、解謎的遊戲文字，沒有挑戰書，讀者一樣能參與推理，才是正常的解謎推理小說，所以解謎推理小說大部分是屬於「挑戰型」的，作者具體提出挑戰書，是欲表達其公平性。

艾勒里・昆恩是兩位同年齡（一九二五年出生）的表兄弟 Frederie Danney 和 Mantred B. hee 之

合作筆名，一九二九年發表的處女作《羅馬帽子的秘密》，就是其「國名系列」之第一部作品。

之後，七年內（至一九三五年）一共發表了冠以國名的長篇九篇，按其發表順序列舉：《法蘭西白粉的秘密》、《荷蘭鞋子的秘密》、《希臘棺材的秘密》、《埃及十字架的秘密》、《美國槍的秘密》、《暹羅連體人的秘密》、《中國橘子的秘密》、《西班牙岬角的秘密》。本系列的最大特徵是作者借記述者名義，插入〈向讀者挑戰〉一短文（只《暹羅連體人的秘密》，沒有挑戰書，但是一樣可以參與推理）。

本系列的另一特徵是，名探的造型，他與作者艾勒里・昆恩同姓同名（這種遊戲精神就是作者的推理文學觀），父親是紐約市警察局的高級警官，所以一名非職業偵探，才有機會參與辦案，這是作者將非職業偵探，能夠連續參與辦案的合理化。國名系列完結之後，名探艾勒里・昆恩仍然在艾勒里・昆恩作品裏破案。

而有栖川有栖所創造的名探火村英生的名銜是犯罪社會學家，是屬於自己直接參與勘查犯罪現型的偵探，也是屬於天才型偵探，勘查現場、向關係者質問幾句後立即破案，作品中的記述者有栖川有栖（與作者同姓同名，可視爲作者的分身）稱他爲臨床犯罪學家，象徵其速戰速決的偵探法，這點是有栖川作品的最大特徵。

有栖川於一九九二年三月，創作了火村英生系列第一長篇《第46號密室》後，翌年二月即發表了火村英生的國名系列第一短篇〈俄羅斯紅茶之謎〉，之後又陸續發表了〈巴西蝴蝶之謎〉、〈英國庭園之謎〉、〈波斯貓之謎〉等短篇作品與《瑞典館之謎》、《馬來鐵路之謎》等長篇著作，今後還有續篇的出版計畫。上述四短篇名分別冠在四本短篇集出版，可見有栖川對自己之國名系列的自負。

◆閒談《英國庭園之謎》

《英國庭園之謎》是有栖川有栖的第三部短篇集。名探火村英生之國名系列第四集。一九九七年六月由「講談社小說叢書系列」出版，二〇〇〇年六月部分改稿後，改為「講談社文庫」版出版。本書是文庫版的翻譯本。

本書一共收錄一九九五年八月至一九九七年五月所發表的解謎推理短篇六篇。

〈英國庭園之謎〉，顧名思義，臨床犯罪學家火村英生系列作品的特徵是，火村到犯罪現場勘查狀況，以及和關係者談話後，可立即做出結論而破案。作者為了突出火村的速戰速決形象，往往安排集會中的殺人。本篇也不例外，已經退休隱居的富翁，在其千坪大的英國庭園舉辦「尋寶遊戲」時，在書房被殺。兇手躲在七名參加者之內，尋找兇手與解讀尋寶的關鍵暗號詩同時進行。

〈胡言譫語的怪獸〉，作家有栖川有栖的作家特質之一是擅長「語言遊戲」。本篇的故事，從頭至尾是以犯罪者的犯罪預告謎語與火村英生的猜謎互動進行，具有限時型懸疑推理小說氣氛的暗號小說（沒有殺人事件）之佳作。日語的語言遊戲要譯成中文，讓讀者理解是很困難的。

〈雨天決行〉是被害者白石七惠的處女隨筆集之書名。被殺害前天，她在電話中向對方說「雨天決行」（日語發音）。這句話到底意味著什麼？對談者是誰？與殺人事件是否有關？故事的主軸雖然不在暗號的解讀，但是可以看出作者對語言遊戲之寵愛。

〈完美的遺書〉是一篇變格的倒敘推理小說。這類型的小說，原則上是以第三人稱多視點記述故事。最先記述兇手如何設計並實施其「完全犯罪」，然後記述事件的發生與狀況，最後記述偵探如何從完全犯罪詭計，找出其破綻而取勝讀者的小說。讀者可在同一條件（指作者提供的線索）下，與偵探做公平的推理、解謎比賽，是另類挑戰型解謎推理小說。

本篇卻是以兇手的第一人稱單視點，記述誤手殺害女友後，如何僞裝爲自殺的經過，然後記述火村英生如何識破其僞裝詭計的經過，讀者讀到第四節後，不妨以偵探的心境去尋找兇手之詭計的破綻。記述者有栖川有栖，在本書唯一沒有機會登場的作品。

〈龍膽紅一的疑惑〉也非殺人事件爲主軸的作品。戀愛小說的暢銷作家龍膽紅一，患憂鬱症，四年來沒出書。半個月前某天晚上，家人都外出，他在睡覺時，有人在其家放火，幸而被鄰居發現熄滅，不至釀成大禍。紅一懷疑是家人所爲，要殺害他。他請來火村英生「臨床診斷」，結果呢？

〈三個日期〉，殺人事件發生在一九九二年三月二十二日，星期天晚上十點。三年後刑警逮捕到嫌犯。他提出一張當天晚上，在酒吧，四個人合照的相片，相片上明示攝影日期，欲以證明自己不在犯罪現場。合照人之一是有栖川有栖。有栖川當天還在酒吧留下簽字紙卡。又，相片上的月曆，

所暗示的日期也是三月二十二日。是一篇很精緻的「ＸＸ詭計」佳作。（寫名ＸＸ兩字，聰明的讀者一定會識破謎底）

關於作家有栖川有栖的資訊，請參閱《魔鏡》、《第號密室》、《俄羅斯紅茶之謎》等（小之堂文化出版）。

【推薦序】

從文字圈套中反射出的語言閃光

◎宙璇（文字工作者）

作家當然大多是用母語寫作，所以閱讀時，在文章的文字結構中，細心探尋便發現該語言的特性與氣氛。

在所有的小說種類中，令這項工作變得最簡單的，便是推理小說。因爲作家在推理小說中總是少不了玩弄文字上的圈套。

有栖川有栖正是把自己母語的特性展露得非常明顯的作家。

在本書中，利用日文特性來玩弄文字圈套的便有四篇。

首先是〈雨天決行〉，這篇推理的重心便是放在日文中的外來語上。日文中的外來語是把其他國家的語言發音直接以五十音音譯出來的字彙。日文的五十音中缺乏捲舌音與在這篇序中不可以寫到的發音，所以被音譯過、最後成爲日文外來語的發音常會與此字彙的原來發音發生頗大的差異。而這個關鍵，在有栖川有栖的筆下被活用於解謎的過程中。

而在第四篇〈完美的遺書〉中，被用來作爲解謎關鍵的是日文所具有的「同音異義」之特性。漢字爲何在日文這個語言中佔有很大的比重就是因爲這個原因。在日文中，有很多其實彼此一點關係也沒有的字彙，發音卻是完全一模一樣的，爲了區分，不得不用漢字來標明。這個情形也同時顯現日本文化與中國文化在歷史上長久的牽連。在〈完美的遺書〉中把兇手的精心傑作給毀於一旦、讓偵探看穿眞相的就是這種「同音異義」的特性。同時，對於日本讀者來說，作家在文章中的描述還可以讓人知道火村英生這個名探在使用文書處理機與電腦時，用的是哪種輸入法。就像我們也可以只憑敘述就得知對方用的是注音輸入法呢？還是倉頡輸入法一樣。

接下來的〈胡言譫語的怪獸〉，故事本身由一連串謎語所構成。除了用到把日文轉換爲羅馬拼音後的重新組合，也用到了日文在口語上常出現的簡略形。就像有栖因爲怪獸的名字尾音和犯人的名字尾音發音相似，就開玩笑地硬把怪獸的名字安在他頭上做爲他的綽號一樣，日本人在替人取綽號與小名時，經常把姓或名的發音中唸起來繞口的部分去掉，只留下叫起來順口的音。日本人在禮儀上比較拘謹，對於不是眞的很熟的朋友不會用名字稱呼，一般是稱姓。所以在日本書迷中，對於火村所喚的「有栖」到底是「有栖川」的略稱呢？還是名字的那個「有栖」？這分別有不同的看法。因爲，老實說，「有栖川」的日文發音「Arisugawa」對日本人來說有點繞口、而且有點長。如果是不太熟的交情，那當然沒有什麼不方便的地方，但是像火村他倆這種十幾年的老交情，在解謎途中又需要頻繁地溝通意見，照火村那種有時瀟灑到有點過頭的個性來看，對於每次都老老實實地發五個音節這件事，他可能會覺得很麻煩。

最後一篇〈英國庭園之謎〉中，對於文字圈套有很詳細地敘述，也可看出對重組遊戲而言，日文的五十音是讓寫作者感到非常方便的工具。因爲它同時具有表音與表意的特性，不像我們的注音符號，只是單純用來表音的工具。雖然因爲「同音異義」的特性使漢字在日文中具有一定的地位，但是就算完全不用漢字，了解這語言的人還是可以明白它的意思，所以在創作文字圈套時，所能利用的範圍比中文大很多。

在火村英生系列中，作爲敘述者的推理作家「有栖川有栖」在敘事時用的是日本的標準語。但他在對火村說話時使用的是大阪方言，一種「讓聽的人覺得對方的舌頭很柔軟」的語言，同時也是一種「感覺上比標準語更能從語氣中感覺到說話者感情」的語言。而名探火村英生所使用的是「在把重音放在何處的方面、近似東京方言的標準語」，跟他的助手比起來口氣冷淡得多，也乾淨俐落得多。

火村英生系列的魅力有很大部分出自於偵探與助手間那種「幾乎可以說是在講相聲」的對話感，而這種感覺有很大部分出自兩人所使用的語言在氣氛上的落差。從這種百無禁忌的交談方式可以看出他倆的友情有多好，也可看出他倆對彼此的信任。在這方面，有栖川有栖藉著使用兩種不同的口音，不只描繪了兩人身爲偵探和助手位置上的關係，在兩個中年男人的友情上、還有在對這兩個人物個性之突顯上，也巧妙地使用語言的特性把它勾畫出來。

英國庭園之謎

雨天決行

1

那座公園位於西宮市甲山森林公園的一隅，佔地約二百平方公尺，清晨和上午前來散步的人會在樹蔭下的長椅稍微佇足休息，從黃昏到夜晚，則偶爾能見到並肩談心的情侶身影。由於附近並無住家，不會有母親帶著小孩來玩，所以公園內也無任何遊戲設施。

事件發生於十月三日。

河野和柏木兩位巡佐並非依照固定路線至該公園巡邏，而是白天接獲管理事務所職員的聯絡，表示「發現吸食毒品的痕跡。而且有住戶通報說看到疑似高中生的男女玩不雅的遊戲，希望警方前往巡邏」，才會至當地巡邏。

當天晚上，甲山一帶從晚上八點左右開始下雨，十點過後停歇。以時間上來說，雖然兩人覺得吸食毒品的不良少年不太可能會在公園聚集，但雨既然停了，就決定繞上一圈，因此騎著腳踏車離開派出所。

雨後的深夜，人行道上不見人影，沒有情侶，也無遛狗者，除了樹葉的婆娑聲外，聽不見絲毫聲響，是一個秋風吹來感覺非常清爽的夜晚。

據稱有吸食毒品痕跡的公園裡看不到人影，不過既然來了，兩人還是決定進入裡面的涼亭看看。

彷彿童話世界裡常見的紅色涼亭屋頂下，擺放著模仿截斷的樹幹形狀做成的桌子和兩張長椅，從入口附近望去也不見人影，但是……

巡佐們下了腳踏車，走近約莫十公尺前方時，發現桌子底下有人的腳，不由自主地互望一眼，小跑步接近。一個身穿磚紅色背心的女人趴臥地上，短髮覆蓋下的頭部有個傷口，只看一眼無法辨別是生是死。

「喂、喂，妳不要緊吧？」河野輕輕伸手擱在對方肩上問。

仔細靜聽，聽到了輕微的呻吟聲，不，應該是有如昆蟲的呼吸聲，同時，臉孔慢慢轉向這邊，仰臉望著兩人。

「振作一點，我們馬上叫救護車。」柏木說。

女人口中發出能聽得懂的話語。

兩位巡佐楞了一下，凝神細聽。

「……我原諒他。」

稍厚的嘴唇彷彿尋找氧氣的金魚般，不住張合著。

「妳說什麼？」河野反問。

「沒關係……我原諒他了。」

「妳說要原諒誰？是幹出這種事的人嗎？」河野盯著女人的臉孔問。

但是，女人沒有回答，像是已說完想傳達的話似的，脖子無力地垂下，似乎已喪失意識，眼眸霎時失去神采。

雖然不知道她從什麼時候就躺在這裡，不過，或許已經太遲了。柏木難過地咬緊牙根，但，他忽然低頭，覺得好像曾見過女人的臉孔。

2

翌日，十月四日。

我，有栖川有栖，和大學時代交往至今的朋友火村英生一起來到該公園。不是爲了散步，而是爲了調查殺人事件。

涼亭的水泥地上還留著粉筆畫出的人體輪廓。我們坐在離該處約二十公尺的涼椅上，聽著兵庫縣警局調查一課的樺田警部敘述事件梗概。

「被害者沒說出受誰襲擊就嚥下最後一口氣？」火村打岔。

「是的。」樺田警部以像配音員般的男低音回答：「細聲向兩位巡佐說了兩句話之後，像是對這世間毫無遺憾地停止了呼吸。就算救護車用飛的趕到，應該也沒什麼幫助吧！」

「庇護兇手？」

對於我無聊的詢問，對方愼重回答：「也許是。被害者好像認出自己面前的人是警察後，說了類似『我已經原諒做出這種事的人，所以請你們不要再追究誰是兇手』的話。但是，也有可能意識不清，不知道自己在說些什麼。」

「假設她庇護兇手，那對方一定是與她相當親近的人，而被害者可能覺得『如果被此人殺害也是沒辦法的事情，因為我自己也有錯，所以請原諒他』。」

「別預設結論。」火村制止我：「因爲已經無法向被害者求證是否眞是這種想法。」

「話是這麼說沒錯。」我聳聳肩。反正警部接下來應該會說明被害者的交友情況，當助手的人就暫時安靜一點吧！

所謂的助手，只不過是與火村同行的藉口。

我的職業其實並非「助手」，而是推理作家。至於從大學至今、十幾年來仍持續交往的火村則是在私立英都大學教授犯罪社會學的副教授。我雖非以特立獨行之風格而自傲的作家，但火村身爲一個學者，其研究作風卻相當奇特，他不只對犯罪現場或關係人物進行實地調查，也參與警方的案件偵辦過程，不是僅僅消極地在一旁觀看，而是積極地追究眞相，想盡辦法抓出犯罪者，所以我稱他是「臨床犯罪學家」。京阪神各地的警察機關也同意在調查方面有實績的他以非正式的方式參與調查行動，亦即，他既是優秀的研究者，也具備傑出的偵探才華。

「關於被害者白石七惠的事，我完全不瞭解。她是那種有很多敵人的女性嗎？」

從法學、心理學到法醫學各方面都有極深造詣、也會多國語言的火村副教授，完全不知道目前當紅的散文女作家。

「我也只是聽過她的名字。」樺田警部坦白回答。

他們沒讀過白石七惠的作品是極爲自然的事，因爲她所寫的東西是以二十多歲至三十多歲的女性爲對象。我也沒讀過她那用柔和淡藍色書皮包覆的作品，不過偶爾會讀到她刊登在出版社贈送的小說雜誌上的短文，對她那客觀批判的辛辣散文時感共鳴，也常因此稍有自我反省。

「隨筆作家最近被稱爲散文作家或專欄作家吧？聽說她好像頗有名氣，也寫過記遊類型的文章。我想，有栖川先生應該比較瞭解吧？」

「她在二十五歲以前都居住在西班牙，出版過好幾冊關於當地的紀聞，不過內容和所謂的遊記不同，幾乎都是對現代女性生活方式的思考。踏入文壇的成名作是在兩年前發表、題名爲『雨天決行』的作品，是呼籲女性抬頭向前、衝入雨中的積極風格散文集……」我忽然嚥下未說出的部分。

警部說出與我所想一樣的事情：「『雨天決行』嗎？總覺得是非常諷刺的書名，寫這本書的人在雨中被殺害。」

「行兇時間推定是在下雨期間嗎？」火村望著涼亭問。

「不，不是的。」警部慌忙解釋：「我訂正，應該是在雨夜裡遇害。被害者遇襲的時間好像在雨停以後，因爲涼亭附近留有她的腳印。如果是在下雨時來到這裡，腳印應該會被沖刷掉。」

「是被害者的鞋印？」火村問。

「還是請教授也鑑定一下吧！雖然是女性的便鞋腳印，不過因爲輪廓模糊，無法斷定是否爲被害者所有。當然，也可能是被害者來涼亭之前，有某個與事件無關的人經過而留下的腳印。」

我能理解警部想表達的意思。如果腳印是白石七惠本人所留，她就是在雨停之後遭人殺害；而腳印若非她所留，雖然瀕死的白石七惠倒在長椅後面，但是從外面並不是看不到她，她應該會立刻呼救，之所以沒這樣做，就表示白石七惠當時仍活著，遇害乃是在留下腳印的人經過之後，所以才會說「被害者遇襲的時間好像在雨停以後」。

「即使這樣……『雨天決行』嗎？嗯。」警部交抱雙臂，漫哼出聲。

感覺上他好像還對這個名詞無法釋懷，不過，眞正的意義我和火村稍後才知道。

「那麼，我們過去看看吧！」警部用力一拍大腿，站起身。

他應該是見到穿深藍色制服的鑑識課人員已從現場撤走了吧！涼亭的長椅附近只留下野上刑事組長一個人。就像平常一樣，全身是進入枯木林裡馬上會變成迷彩裝的花俏打扮。

「又要麻煩教授們進入荊棘之地了。」火村和我一走近，刑事組長馬上語帶諷刺地打招呼。

那是對於讓外行人侵入自己神聖領域的一種反感。他會有這種心情極爲自然，而我早就習慣了這種情形，現在已不會生悶氣，反而覺得他如果滿面笑容地打招呼未免就太過矯情。

「那邊有重要證物，請小心不要踩到。」他指著水泥人行步道和涼亭間的濕濡地面。

所謂的證物乃是樺田警部提到的腳印。但是那邊已放上大型木板，就算他不說，連小孩子也不會粗心地踩到……

「警部已經告訴我們那是很重要的腳印。」火村蹲下仔細端詳腳印。「鞋底的紋路並不清楚，這樣的確很難判斷是否爲被害者的鞋子所留。」

野上用兩根手指揉著鼻尖：「沒錯，是無法判別，只知道雨停之後有穿著女鞋的人走過這裡。不知道是被害者走過的腳印，或是無關的行人走過的腳印。」

如果是白石七惠的腳印，在這裡中斷是理所當然，但，若是無關的行人留下的腳印，該人——有可能是女性——又是去了哪裡呢？

我環視附近。如附圖所示，水泥人行步道貫穿涼亭，延伸至公園後門。若有這樣的人存在，應該只是偶然在涼亭前留下腳印然後離去。

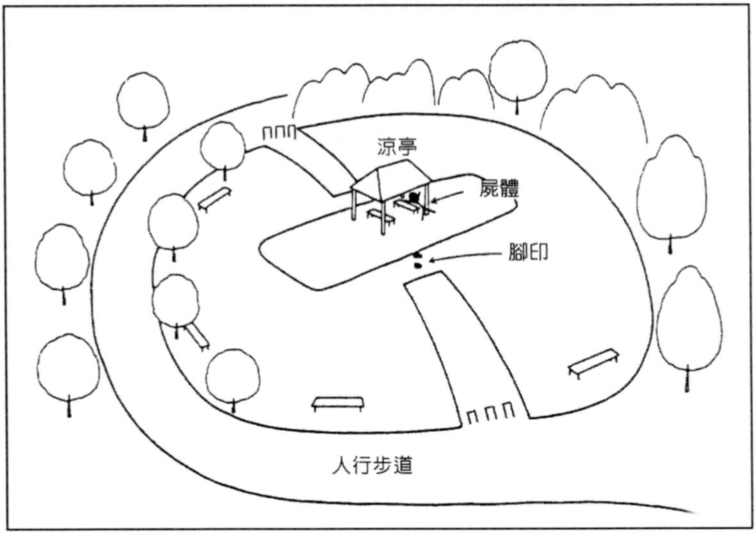

「被害者身上攜帶的物品有什麼發現？」火村站起來，似乎毫不在乎對方並不歡迎自己，很自然地問野上。

這樣一來，刑事組長也不再故意講些什麼諷刺的話，直接說出調查結果：「沒有手提包或提袋之類的東西，只有隨身物件。」

「被兇手拿走了嗎？」

「被害者並非居住在附近，應該不可能空手前來吧？」

「如果只是這樣，似乎是搶劫殺人……」

野上打斷火村的話：「是這樣嗎？不對吧？因爲被害者臨終前曾說『我原諒他』。被害者不可能會原諒過路的搶劫殺人兇手，兇手一定是被害者熟識的人。從兇手並未給予致命一擊就倉惶逃走的情形來看，兇手當時應該是因爲怒火上沖而昏了頭。」

我心想，也可能是被害者的手提包或提袋裡有兇手需要的物品。不過畢竟不是具有創意的見解，所以並未說出，否則，很可能只是被野上多瞪一眼，還補上一句「這種事我們早就想到了」。

樺田警部非常清楚這位由基層磨練上來的頑固刑事組長對火村和我沒有好感，只好苦笑地看著這樣的場面。趁著對話剛好出現中斷，他開口：「白石七惠目前居住在神戶市東灘區，不過孩提時代則是住在離這裡步行大約十五分鐘的地方，有好幾位從小認識的朋友住在仁川，她與其中一位特別親近的朋友在命案前晚曾一起在三宮吃飯。」

「同性的朋友？」火村問。

「不錯，名叫江波千穗的女性。剛剛已連絡上她。她從電視新聞得知命案之事，主動打電話到警局。她似乎是去岡山參加學生時代的朋友平安生產的慶祝會，我們已請她趕快回來，可能還需要一個鐘頭左右的時間吧！」

「感覺上是否有很震驚的樣子？」

「是的。我接聽電話時，她的聲音似乎很慌亂。我表示詳情等她到了警局後再談，並未多問。」

「命案前晚一起吃飯時，被害者是否和平常一樣？」

「好像是，不過，她也說了令人在意之事。」

「什麼事？」

警部摸著下巴未刮乾淨的鬍鬚說：「吃過飯，要離開餐廳前，白石七惠利用公用電話打了一通電話，江波千穗站在稍遠處等她講完電話，所以有略略聽到極少部分。雖然不知道對方是誰，不過她聽到的內容中有『那不行』、『這邊可以在雨天決行』。」

火村的嘴唇微微蠕動，似乎正默聲地喃喃唸著「雨天決行」幾個字。

「這是她的作品名稱？」警部求證。

「是的。」我回答。

「但是，當時所說的『雨天決行』不見得就是自己作品的名字吧？那是出版超過一年的書了。」

野上說。

話是這樣沒錯，不過卻也有談論自己作品的可能性存在。所謂的「那不行」、「這邊可以在雨天決行」很可能是述及作品寫得好或不好的部分。

「如果是我，聽到雨天決行這樣的話，腦海裡會馬上浮現運動會或遠足之類的事。」樺田警部笑著說。

這也是理所當然。如果不是白石七惠有這種名稱的作品，我一定也會有相同想法，何況現在又正值運動會和遠足的季節。

「暫時擱下有關『雨天決行』的話題吧！我在意的是她另外說的『明天晚上，可以嗎』。所謂的『明天晚上』，不必說，就是三號的命案當晚，而『可以嗎』能認為她沒有其他事。或許當時白石七惠是與某人約定三號晚上見面，亦即此人是事件兇手的可能性很大。」

我本來也是這麼認為，可是聽警部一說，又有一種「很難說」的感覺，因為會詢問對方「明天晚上，可以嗎」的狀況有各式各樣，要因此而認為對方「是兇手的可能性很大」總覺得言過其實。

「這的確是很微妙的一點。要更仔細問清楚這句話的前後文才行。」野上說。

「有必要瞭解到底是什麼意思。」

互相交換意見的兩人似乎發現火村沉默無言，同時望著他。

犯罪學家還蹲著，凝視著泥土地面留著的腳印，靜靜不動。不久，大概發現我們在他頭頂上方的視線，抬頭。

「腳印有問題嗎？」我問。

「我看的不是腳印，而是對這邊的凹陷痕跡不能釋然。你們看到了嗎？」他把上半身挪向一旁，以便讓警部他們能看到。

樺田和野上將臉孔移近火村指著的地方，彼此幾乎快貼上對方的額頭。從兩人的肩膀中間，我也可以看見那極淺又小的凹痕，好像是用姆指輕按所留下的痕跡。

「不是只有一處，而是兩處，這邊，還有這邊。」

我雖然看不到另外一處，不過他們似乎可以看到。

「你認為這是什麼？」野上粗聲問。

火村平靜回答：「不知道，只是有點在意。雖然是這麼小的凹痕，但若非某種物理力量的作用，應該不會留下，我就是想知道這點。當然，這也許與事件無關。」

「原來如此，這應該是彼此著眼點的不同了。若找出結論，還希望不吝指教一下。」野上語氣冷漠，故意似地打了個小呵欠。

不，所謂「故意似地」只是我的感覺，或許是因為連日來的疲累也不一定。

「啊，那是？」火村轉頭望著公園入口。

一位肩上揹著大型背包，手拿花束的男人朝這邊走來。

3

「眞的很遺憾，我至今仍無法相信會發生這種事情，現在頭腦一片混亂……」

他輕輕靠坐在長椅邊緣，說到一半，話就哽在喉頭了。年齡大約二十五歲左右，但是額際的髮線已經相當後面，形成高凸的額頭，本人怎麼想並不清楚，但看來頗具知性，西裝筆挺，講話方式和態度也滿有品味的。剛才互換的名片上印著——

東陽出版・書籍編輯部

服部史郎

他是已故的白石七惠的責任編輯，聽到這個噩耗會震驚、混亂也不足爲奇。但是，交往的時間長短和程度深淺各有不同，在這種時候，雖然令人驚訝，但也是會有責任編輯因此而極度悲傷的情形發生。

服部史郎的情形又是如何？依大略觀察所得，他似乎不只是一般看熱鬧的人似地那樣驚訝，可能他和白石七惠配合的相當不錯吧！而且，時間並不短。

「白石小姐的成名作是貴公司出版的？」我猜想他或許就是當時的責任編輯。

答案完全如我所預料。

「是的，《雨天決行》散文集。她投稿至敝公司，但最先審稿並決定出書的人是我。爲籍籍無名的新人出版其散文集雖是冒險的事，不過我相信只要有充實的內容，一定會受到矚目。所以，我和白石小姐是從她踏入文壇以來就交往迄今。」

如果這樣，應該不只是單純的責任編輯和作者關係。

「東陽出版社出版的白石小姐的書有……」

「四冊。她全部的著作有十冊，出版最多的是敝社，而且第十一冊正準備出版，已經完成了作者校對……」

所謂的作者校對就是讓作者看打樣本進行校對的作業，只要順利進行至這裡，就等於書籍內容已經完成。

「我出差到此地當天就發生這樣的事，實在是……只能帶這個到這裡了。」

編輯讓我們看他帶來的花束。白石七惠生前最愛白薔薇，因此他打算把花束放在她陳屍的地點。對他來說，這或許像是受到供祀這束鮮花的命運所驅使而來此地出差吧！

「你是昨天到這裡的？」見到進入慘劇現場後情緒明顯動搖的服部似乎已經冷靜下來，樺田警部開始訊問。

「是的，晚上七點左右抵達大阪。」

「是來和作者洽談什麼事情嗎？」

「是的。但我昨天只是住在大阪，因爲和作者約好今天正午碰面。若是平常情況，我今天一早從東京出發就可以了，可是因爲我住在茨城縣附近，要一大早趕來這邊，時間上會相當緊迫。」所以他才會在前一天就來到大阪。約好今天正午碰面的是剛獲新人文學獎的年輕作家，當然，與對方洽談的約會也取消了，迅速地趕來這裡。

「因爲不用早起，所以今天早上醒來時已是九點過後，到飯店餐廳邊吃早餐邊看報紙時，這才得知這件事，驚訝得噴出喝進嘴裡的咖啡。」

不錯，領帶後的襯衫上確實沾有漬痕。

「昨天晚上你如何打發？」

「最近我連續至信州、東北各地出差，感覺非常疲累，所以並未四處遊晃，很早就上床休息。爲了確認作者校對的疑點，我很希望能和白石小姐碰個面，但數日前以電話與她連絡時，確認了她昨夜與人有約，所以才決定今天傍晚見面……」

警部當然不會放過他最後說的幾句話：「你有問過她與人有約是怎麼回事嗎？」

服部搖頭：「我認爲問及他人的私事很沒禮貌，所以……如果我有問，對警方的調查應該會有所幫助吧！」

「連是否去聽演唱會或觀賞戲劇，還是預定與誰見面都不知道？」

「是的。她只說『與別人事先有約，所以沒辦法』。」

「你說數日前問過她，前天沒有打電話嗎？」

「沒有。」

警部在意的應是白石七惠在命案前晚所打的「明天晚上，可以嗎」的電話。假設江波千穗與服部史郎的證詞屬實，那麼白石七惠昨晚確實與某人有約，而且是數日前服部與她以電話連絡當時就已決定的，前天江波聽到的電話則是雙方在確認這項約定。

「我不太清楚編輯和作家之間的交往情形是怎樣，但是，不知道服部先生對白石小姐的私生活瞭解多少？」

服部漫應一聲，摸著自己的右耳垂：「交往的情形有很多種，雖然我和白石小姐年齡相近，也比較能互相溝通，但她終究是異性，我還是會有所顧忌，盡量不涉及私生活方面的話題。因此，同行中與她較親近者的姓名我是能舉得出來，但除此之外，她和誰有往來我就一無所知了。」

警部問了「同行中與她較親近者」的姓名，野上隨即寫入記事本上。其中包括在她的散文中經常出現、我也知道的幾個姓名。只不過，這些全是住在東京附近的作家，或許和事件並無直接關係。

「你知道有誰憎恨白石小姐嗎？或是過去曾有讀過她的作品而向出版社提出強烈抗議的人？如果有，請告訴我們。」

編輯拉著耳垂說：「沒有，我想不出有這樣的人。只要讀過白石小姐的作品應該就能知道，她是位積極快樂的女性，很難會遭人忌恨。私生活方面如何暫且不談，但在工作上從未聽她本人或周遭之人說過有遇上什麼麻煩。」

「但是……」野上自言自語似地說：「文章一旦公開，也可能會出乎意料地招徠敵意。」

這是什麼意思？感覺上像是對我的威脅。我望著他，卻發現他神情嚴肅地盯著手中的記事本。

「關於男性關係方面，她曾找你商量，或你曾聽說過什麼嗎？」樺田繼續訊問。

「彼此一起喝了一點酒的時候曾聽她提起學生時代的回憶，不過從未聽她說過有正在進行中的戀情……她雖然高唱女性要主動積極地過生活，但對戀愛的態度卻頗爲古板，或可算是畏縮。記得某次藉著兩人都有些酒意時，我曾調侃她『白石小姐最大的弱點應該是在感情方面吧！』……」

「她怎麼回答？」火村突然打岔。

一瞬間，對方愣住了。

「白石小姐回了你什麼話？」

「這……我忘了。」

我腦海裡浮現白石七惠無力微笑的臉龐，很難想像她會如何回答這種問題，也許她會在服部的肩上狠狠地拍幾下吧！

「男朋友方面的話題呢？」

「啊，討論工作時偶爾會提到，她自己在散文裡也常寫到這些。另外，這次準備出版的作品類似交友紀事，裡面也有關於男性朋友的話題。其中絕大多數都住在東京，不過也有一位住在神戶。」

「可以告訴我們那個人的姓名嗎？」

「他不是日本人，請等一下。」他從一旁的背包取出印有公司名稱的大型褐色信封，再從裡面取出對我來說已是司空見慣、上面貼著許多標籤、已完成作者校對的打樣稿。他用手指沾些口水翻找著：「就是這裡，喬瑟普·巴倫吉諾。住在她家附近，在元町的西班牙料理店工作，由於來日本只有半年，所以曾在西班牙生活、會講西班牙語的白石小姐深爲他所信賴。」

「我們希望借用你這份原稿……」警部停頓一下：「稍後能借我們到警局裡影印嗎？馬上就會還給你。」

服部爽快地答應，將打樣稿收回信封內。

這時可以見到很醒目的幾個大鉛字「比貝多芬難看的臉孔」。我心想，很有趣的書名呢！另外也想著，目錄裡的「ＢＵＯＴＯＫＯ能成爲性格演員」、「電視弁慶（註：類似甘草人物的角色）」指的是誰，現在應該都已無關緊要了。

「你打算什麼時候回東京？」

被警部這麼問，他又現出呆愣的表情：「我嗎？剛才我已說過，我本來預定今天傍晚和白石小姐碰面，明天回東京。但是現在這種情況，公司一定會要求我參加守靈夜並幫忙處理葬禮事宜吧！因爲白石小姐父母早逝，只剩下幾位兄弟……」

白石七惠的三個兄弟分別居住在東京、福岡和新加坡。

「那麼，你的行李正好可以放在警局，一方面方便我們影印，另一方面也能繼續向你請教。」

「也對。」他再度執拗地抓著自己的耳垂。

雖然可以稱爲神經質，但那卻是會讓人打消一開始感受到的理性印象的幼稚動作。

4

服部史郎離去後，火村再度調查現場附近，這時，又有一個捧著花束的人出現，身穿巧克力色長褲搭配淡褐色背心，不需帶她前來的刑事介紹，也能輕易猜出她就是江波千穗。會讓她遠迢迢地前往岡山祝賀對方平安生產，想必是感情很好的朋友吧！然而，與朋友歡樂閒聊的時光卻被剝奪、必須匆匆趕抵另一位朋友遇害的現場，實在讓人感到命運無常而忍不住同情起來。

「我們能理解妳心中的悲傷，但是，可以向妳請教一些問題嗎？」警部故意挑起痛處似地問。

江波千穗用充血的眼眸回望我們，明確回答：「不管任何問題都可以，請說。」

她的五官輪廓分明，若不是滿含憂傷，應該是相當漂亮吧！而且，容貌有點神似白石七惠。

警部從她與死者的交往情形開始詢問。

千穗說，兩人是在十五年前，中學時代認識的，當時她從愛媛縣轉學至這裡，正不知如何適應環境之時，是白石七惠讓她能安下心來。個性開朗、擅交際的七惠帶她融入班上生活，讓她擁有一段快樂的中學回憶，對此，她至今仍感激不已。她邊說邊用手帕拭著眼角。可能在訴說之時，內心的悲傷不斷如浪潮般湧上吧！

兩人進入西宮市內同一所高中並持續往來。高中畢業後，千穗進入父親經營的食品公司就職，七惠則考上東京的大學。由於出現空間上的距離，彼此連絡的頻率自然減少，再加上七惠的雙親相繼去世，她大學中輟後便隻身前往憧憬已久的西班牙，因此有一段時間沒有往來。

「將近六年沒見面，我連她回日本了都不知道。某天，她打電話給我，我記得她很高興地說『好久沒見面了』、『我現在從事寫作，下個月就要出書了』。我聽了也非常高興，兩人一起開了慶祝會。我讀了她的作品，看到裡面寫到我是她『眞正能信任的朋友』，當下感動不已。想不到儘管斷絕音訊的時間頗長，她還是如此認爲。」

這眞是令人窩心的故事，我和火村之間就從來沒這樣過。

對於七惠的交友方面，她的回答非常愼重，表示對她中學和高中時期的朋友與熟人雖然很清楚，但是對白石七惠在東京或西班牙生活時期的交友就完全不知道，成爲散文作家後的朋友圈當然更一無所知。

「她沒跟妳提過有交往比較親密的男性嗎？」樺田柔聲問。這是他本來的聲音，在面對女性的時候相當有利。

「她是那種會隱瞞這類事情的個性，所以我曾揶揄她說『大概要等到婚禮的日期確定、蜜月旅行的計畫全部決定之後，妳才可能告訴我男朋友的存在吧』，可是……」

「可是什麼？」

「前天見面閒聊時，我覺得她好像有了喜歡的人。如果要問我爲何會這麼認爲，我也不知該如何解釋，只是……感覺不像在工作上順利有趣，或賺了不少錢之類，而是生活得很有衝勁，所以才會想到可能是正在戀愛……」

警部好像深感興趣地不住頷首：「是什麼讓妳認爲她有了戀人？」

「該怎麼說呢？講起來似乎很不切實際，不過，在以前，她有了欣賞的男性時，我總是莫名其妙地就會察覺到。或許是根據那種經驗，猜想她可能是有了戀人，或正在單戀吧！」

我心想，相信自學生時代以來交往至今的朋友的第六感來假設白石七惠正在戀愛應該沒問題吧？但念頭一轉，又覺得這樣未免太單純了些。

火村和平常一樣，食指勾著鬆垮垮繫著的領帶，毫無表情地聽著江波千穗的話。

「所謂生活得有衝勁，也表示沒有苦惱著什麼麻煩事？」

「是的。譬如，她會抱怨在電車上看到的令人不愉快的情侶，或是報紙的投稿專欄爲何會那麼無聊等等，我說『這些全可以當作寫散文的材料，沒什麼不好啊』，她馬上笑了『確實是這樣沒錯，沒有比這個更好的工作了』。」

野上記錄著，但是，忽然像想到什麼而開口：「她在散文中提到有一個西班牙男朋友，妳有聽她說過嗎？」

「啊，應該是巴倫吉諾吧！」千穗坦然回答：「是元町西班牙餐廳『波達爾』的廚師，我曾和她一起去過。前天本來也打算去那裡，可是餐廳因為重新裝潢而暫停營業，不得已只好去我在雜誌上看到的另一家風評不錯的義大利餐廳。」

話題似乎快要偏離主題，警部慌忙制止：「原來如此，不過，巴倫吉諾和她到底是什麼樣的關係呢？」

「應該只是朋友吧？年齡可能比她小個一、兩歲。巴倫吉諾就住在離她家步行約十分鐘的地方，兩人經常前往同一家超級市場購物，我也忘了兩人究竟是因為在超市交談而認識呢？或是她去餐廳用餐而認識？不管是哪一種，因為她能以流利的西班牙語和對方交談，對於只會幾個日文單字的巴倫吉諾來說，當然倍感親切。」

「你對對方印象如何？」

「到他任職的餐廳用餐時，他只在用餐結束時會從廚房出來打聲招呼，問說『覺得食物如何』，所以我不太清楚，但是……他是隨時面帶微笑、令人愉快的人，而且又英俊瀟灑……」

千穗能說的似乎只有這些。

「白石小姐經常談到巴倫吉諾的事嗎？」

「不，我只聽她提過一、兩次，而且是在閒話家常時。」

這表示，在白石七惠的散文中，他也許只是個被敘述的題材之一。

野上不停地在記事本上劃圈，可能是在巴倫吉諾的名字上做記號吧！

「能請妳詳細說明前天和白石小姐一起吃飯時的情形嗎？」

「如我剛才所說，她看起來並不像有煩惱……」

她說，兩人主要是談些彼此的近況和各種流行資訊，並沒有特別奇特之處。具體地問及談話內容後，也找不出與事件有關連的地方。火村的眉頭仍舊動也不動。

「白石小姐餐後好像打電話到什麼地方，或許和事件有很大關連，希望妳仔細回想當時情形。」

可能是感覺責任重大吧？江波千穗皺起眉頭，開始敘述——

付完帳準備離開餐廳時，七惠突然說「對不起，我忘了打一通電話，妳能等我一下嗎」，因此她趁機前往化妝室補妝，三、四分鐘後回來時，七惠仍在講電話，她站在大約五公尺外等待對方通話結束。公用電話面朝大馬路，車聲吵雜，只能聽到七惠斷斷續續的聲音。她並附帶解釋，她並未刻意想聽通話的內容。

「雖不知她和誰交談，但是可以猜到對方應該不會是長輩，因爲千惠沒有使用敬語。」

「應該是朋友或男朋友吧？」

「也可能是與工作有關的人，或是年齡接近、又能讓她安心的熟人。」她的思考非常冷靜。我幾乎是反射似地想到剛才的服部史郎。

「妳好像聽到一、兩句話，像是『那不行』、『這邊可以在雨天決行』。」

「是的，不過並不是完整的記憶。她是講過這種意思的話，但是或許和原來的話有些出入。」

「那倒無所謂，若不是完整記憶的內容，還不如這樣比較能掌握其含意。沒有辦法根據前後文來判斷某種事不行、某件事在雨天決行嗎？」警部繼續柔聲問。

「來這裡的期間我也一直在思索著，可是卻想不出來，因爲我不記得其他的話。」

「我覺得，若提到雨天決行，談的或許是戶外活動或休閒度假、運動之類的話題。」警部順勢誘導她。

但千穗明顯未受到影響：「這……我不知道。」

「她是說『雨天決行』沒錯嗎？」這時，火村開口。以他而言，這算是很平常的語調，不過仍比警部稍稍嚴肅，可能因爲這樣，證人緊抿著嘴唇。

「可能吧?或許稍微不同……譬如『雨天也要決行』或『雨天也沒關係』之類……」

副教授摸著下巴：「那天晚上，白石小姐沒有顯得很在意第二天的天氣如何嗎？」

「沒有，我不記得有這樣的事。」

「和對方通電話時，是否有談及第二天要見面？」

「什麼也沒有。」

「是嗎？」火村沉默了。

在警部繼續訊問之時，他的視線望著泥土地上留下的腳印。

5

警部最後問了地址和電話號碼，道謝過後，對江波千穗的訊問總算結束。

「我們稍微失陪一下，你們……」警部說。

火村難得地報以微笑：「沒關係，我們還想在公園四周逛逛，別理我們。」

野上聳聳肩，回頭，似乎意味著：不用你說，我也不會理你們。

現場只留下我們和江波千穗。看樣子她好像沒有抓住離開的最佳時機。

「我可以回去了嗎？」她問我。

「既然已經留下連絡地址和電話，應該是可以吧！如果還有什麼問題，警方會主動和妳連繫。」

「是嗎？那我……」她點頭致意後，轉身準備離開。

但，火村叫住了她。

她浮現訝異的表情：「嗯？」

火村望著地上的腳印問：「妳一直都是住在附近吧？我想請教一件事……妳曾來這座公園附近散步或慢跑嗎？」

千穗重新面朝火村，回答：「是的，常常會過來散步。」

「晚上九點或十點的時候呢？」

「那麼晚倒是沒有過，大多是假日清晨或黃昏。」

「我想也是。不過還是想請問，妳是否看過這附近有視障者由導盲犬帶著散步？」

我忍不住想，你到底在胡說些什麼？

不過，吃驚的並不只有我，千穗同樣疑惑地微側著頭，但接著卻回答：「是的。」

我驚呼出聲：「喂喂，教授，你什麼時候變成夏洛克．福爾摩斯了？」

「我生下來就是。你現在才發現？」

千穗怯怯望著我們，可能在想，這兩個人到底怎麼回事？

「你看這些腳印。」火村指著：「除了鞋印以外，還有某種零落的痕跡對吧？在我看來，這像是狗踩過留下的腳印」

「經你這麼一說，的確沒錯。」千穗馬上回答。

可是我並不同意：「說看起來像，確實是有一點類似，不過，如何斷定就是導盲犬呢？」

火村彎腰，食指在地面上左右移動。

我凝神細看。

「這邊和這邊，有個像棒子尖端拄過的輕微凹陷，對吧？另外，這邊和這邊也有，這邊和這邊也是，幾乎都是相等的間隔。」

我明白他想表達的意思。「你認爲這是枴杖的痕跡？」

「不是尋常的枴杖痕跡，而是視障者利用白色枴杖探索前方而行的痕跡。很像福爾摩斯的推理方式吧？」

「啊，你居然繼承了傳統才藝。」我啞口無言。

既是曾出席倫敦與紐約的犯罪研究學術會議，也是在最高學府執教鞭的犯罪社會學家，卻模仿上個世紀——而且還是虛構——的偵探，這實在有點可笑，問題是，竟然還正中目標……

「妳知道由導盲犬帶路的人是誰嗎？」

「不知道。但是我曾見過幾次，應該也是住在附近吧？」

好像是五十五歲上下、梳著清湯掛麵頭，身材略微豐滿的女性。幾天前的星期日也曾看見她提著超市的塑膠袋走在仁川河邊的馬路上。

「謝謝妳！若是住在這附近，只要問派出所的警員應該能就知道。」福爾摩斯的繼承者說，似乎打算讓千穗離開。

她露出躊躇的樣子，眼神轉爲哀傷，向火村傾訴：「七惠應該沒有必須被殺害的理由，求求你們一定要盡快逮捕兇手。」

火村只是回答一聲：「一定！」

她的背影消失在樹林對面後，副教授立刻大步走向樺田警部身旁，表示希望和住在附近的盲眼婦人見面，向她問話。

「如果腳印是帶著導盲犬的婦人留下的……這是怎麼回事？」警部交抱雙臂。

「這有非常重大的意義，表示該婦人在雨停之後至屍體被人發現的短暫時間內曾穿越過涼亭。」

火村好像還想說些什麼，卻被一旁的野上打斷：「你這樣與其說是推理，不如說只是幻想。夜晚十點過後，而且還剛下過雨，怎麼可能有會眼盲的年長女性在泥濘中散步？」

「或許並非散步，而是另有其他目的。如果帶著狗，黑夜裡也沒什麼可怕。不過，一切必須問過她本人才會知道。」

「既然你這樣說，就由你自己去確認吧！喂，過來一下。」野上朝著一位巡佐揮手。

小跑步過來、肩膀寬闊的人正是發現瀕死的白石七惠的兩人之一的柏木巡佐。照理說，他應該已是孩子馬上要就讀小學的年齡了，臉上卻還長著不少青春痘。

火村說明概略時，他似乎很有興趣地聽著。

「從年齡判斷，該女性大概是渥美小姐吧！住在百合野町。這處公園正好在她散步的路線中。我可以帶你們去她家。」

火村頷首。

「警部，我和有栖打算過去看看，即使會白跑一趟也無所謂。」

「好！」警部命柏木巡佐帶路。

柏木巡佐不僅沒有顯露困擾的神情，好像還覺得很有趣。他帶我們朝關西大學的方向走，並明顯表現出好奇心，開口詢問諸如此類的問題：

「聽說火村教授曾在美國研習ＦＢＩ的調查方法，那是什麼樣的方法呢？」

或是，

「有栖川先生是記錄並發表火村教授所解決的事件嗎？」

他的問題都是一些以訛傳訛的內容，害我必須很有耐心地詳細說明。能知道在一部分的警官之間流傳著這類怪異情報或許算是一種幸運，可是一想到對方似乎產生了嚴重誤解，還是應該盡快解釋清楚，尤其是像「聽說以火村英生為範本的電影正在好萊塢進行拍攝」之類。

火村一直保持沉默，所以柏木巡佐不久後也不再出聲了。

下了陡坡，繼續走在靜寂無聲的街道上。這一帶的環境雖然不錯，卻也是阪神大地震時出現很多犧牲者的土石流現場附近。

不知從何處傳來豎琴的聲音，不是鋼琴，是豎琴。可能是綁著大蝴蝶結的富家小姐趁著幫忙做家事的空檔練習吧？琴聲有一搭沒一搭的。

「就是這裡。」

我們在某戶人家前停下來，其門柱上有渥美百代、渥美郁代的名牌。

柏木按門鈴。對講機傳出年紀頗大的女聲說：「請稍候。」

沒過多久，出來開門的女性正是火村想問話的婦人之姊姊。根據後來柏木的說明，她——渥美百代——是大阪一家料理學校的講師，和妹妹兩人一起生活。與鮮紅鏡框眼鏡明顯相襯的她，對巡佐突然帶領我們前來拜訪好像非常驚訝。

「辛苦幾位了！雖然不知道幾位有什麼事，但我和舍妹正在商量，有些事得主動告訴警方呢！」

「商量？商量什麼？」柏木問。

「有關甲山的公園發生的殺人事件。」

火村輕吹一聲口哨。

我覺得很無趣，事情爲何要如此順利呢？

依渥美百代所言，昨晚十點過後，視障的郁代知道雨停了，便立刻表示要出門散步，穿上了外出服。姊姊以時間太晚，而且路上到處泥濘爲由制止她出門，但她回答「至少也要讓愛犬散步」後，逕自出門。

「大約一個小時後她平安無事的回來，不過可能是受了風寒，今天早上竟開始發燒，她又討厭看醫生，所以我對她說『那我在家陪妳，妳多休息，很快就會痊癒的』，並讓她繼續躺著休息，直到剛剛才醒來。」

「有什麼事想連絡警方呢？」柏木性急地問。

「就是有女人在甲山被殺害的事。我看了早報非常震驚，卻沒有告訴舍妹。她感冒身體不適，我覺得沒必要特別告知她自己家附近發生這種事。可是剛剛也說了，她在大約半小時前醒來，感冒似乎好了很多，所以我就告訴她命案的事，結果她說『我昨夜散步時穿越過女人遇害的公園呢』，因此兩人正在商量『這種事需要和警方連絡吧』。」

兩人整整苦惱了半個小時。

「啊，眞不好意思，竟然這樣站著說話。請進，我叫舍妹自己告訴各位。」她並未問火村與我的身分，讓我們進入屋內。

我們被帶進牆上裝飾著許多拼布掛飾的起居室等待。聽到姊妹倆在裡面房間竊聲交談。郁代由姊姊陪同出來時，準確地將身體朝向我們：「對不起，讓你們久等。」可能是早就換好了衣服，頭髮也梳理得非常整齊，態度更是相當平靜自然，若不是戴著墨綠色的太陽眼鏡，應該不會認爲這位就是視力有障礙的妹妹吧！

柏木巡佐簡單說明來意後，交由火村接手。

副教授只是扼要地自我介紹「我姓火村」，接著馬上開始發問：「聽說妳在晚上十點過後前往甲山森林公園散步，妳知道發生殺人事件、有紅色屋頂涼亭的公園在什麼地方嗎？」

「是的。」

「這個問題或許很難回答，但我仍想請問一下，妳經過那裡大概是什麼時候？」

「大致的時間我應該知道，因爲那是我一向的散步路線。我出門的時候是十點五分左右，回到家則是十一點左右，對吧？」她向姊姊尋求確認。

「由於有涼亭的公園正好在散步路線的中間，所以是十點半，應該不會有太多誤差。」

柏木好像因爲這個回答而大感震驚：「這樣的話，與我發現被害者的時間大約只差五分鐘左右，這不就表示兇行是在這五分鐘之內發生？」

我心想，應該不是吧？

火村也同樣輕輕搖頭，問郁代：「妳是穿越涼亭，從公園後門走出的吧？當時沒注意到長椅後倒臥著年輕女性嗎？」

「沒有。這麼說，當時我眞的經過屍體旁邊囉？啊，好恐怖！」她哆嗦地環住自己雙肩。

「不，當時被害者還沒停止呼吸，只是處於意識昏迷或接近昏迷的狀態。就算渥美小姐注意到而叫救護車，還是沒有辦法救回她。」火村訂正，大概是顧慮到郁代會產生不必要的心理負擔吧！

即使這樣，她受到的衝擊仍沒有完全消失。

「我想確定的就是這點。妳能否定當時可能經過瀕死的被害者身旁嗎？抑或認爲有可能經過？」

她似乎已決定好答案，立即回答：「有可能經過。我想我應該有經過屍體旁邊，所以才會和姊姊商量是否應該告訴警方。如果那個人倒臥在路中間，我應該會察覺，至少正太也會吠叫，不過若是在稍遠的長椅後面……」

所謂的正太應該就是她的愛犬名字吧？牠如果懂得人類語言，我很想問牠「你沒注意到倒臥的女性嗎？或是注意到了卻視若無睹？」，但是，這畢竟是不可能的事。

「散步途中沒注意到什麼不對嗎？很抱歉好像是在嚇妳，但，也許妳正好和兇手擦身而過。」

在一旁聽著的姊姊蹙眉，低呼出聲。

郁代回答：「沒有，我並未特別注意到什麼。那附近有好幾條人行步道，應該是沒碰上吧！兇手若見到我拄著枴杖慢慢走著，可以馬上改走另一條路。」

火村用食指摸著嘴唇，沉默不語。應該是正在組合剛獲得的資訊吧？不久，他終於開口：「非常抱歉，在妳身體不適時前來打擾。另外，可能還會有其他刑事來詢問同樣問題，希望妳能體諒。謝謝妳，這真的是非常寶貴的證詞。」

「我是不是應該更早告訴警方呢？」聽到是寶貴的證詞反而讓她更覺不安吧！

火村回答絕不會太遲之後，三人離開了渥美姊妹的家。

「那個……火村教授，請問你是不是從剛才的談話發現了什麼？雖然兇行時間的範圍縮小了，但是好像還是沒有任何關於兇手的線索……」

一走到外面，柏木巡佐就提出了問題，但火村卻漠視他的存在。也不知道正在進行怎樣的推理，火村食指按住嘴唇，沉默不語。

「接下來怎麼辦？」

他對我的話有反應：「西宮警局應該設置了調查總部，我們過去那邊看看。如果服部先生有空，我還有話問他。」

「樺田警部和服部先生應該都在那邊。警部吩咐我開警車送你們過去。」柏木好像也死了問話的心，只是負責帶路。

繞回關西大學正面，沿寬敞的馬路朝甲東園車站方向前行不遠，就是他服務的上之原派出所。從派出所開車至市區的西宮警局大約十分鐘。

我們問柏木，警部他們正在做什麼？他說警部和野上一起前往白石七惠家進行搜查，有交代說，如果我們方便可以過去。但是火村對服部史郎似乎比較感興趣。

「服部先生好像到附近吃午飯，但不知道去哪一家。應該一個小時左右就會回來吧！他的行李放在這裡。」

看看錶，已經是十二點過後。我提議也去吃飯，但火村的態度明顯地意味著沒那種悠閒時間。

「在他回來之前，我希望能先讀完已成被害者絕筆的散文。影印本也可以，能借我看看嗎？」

柏木接受火村的請託，徵詢過刑事課長，取得了允許。

我們在休息室的角落閱讀。可能因為被強迫禁菸了好幾個鐘頭吧？老菸槍的火村不斷地猛抽駱駝牌香菸，一邊翻閱著散文。我也忍住飢餓，接在他後面瀏覽。

「你認爲讀了她的散文可以知道什麼嗎？」我問。

「很難說。」他回答。

「爲什麼要調查這種東西？」

「俗話說，多在外面走走總會碰上好運氣。我並非有什麼明確目標才閱讀，只不過是用來打發時間。」

「既然是打發時間，去吃飯不是一樣？」

他把紫色煙霧噴向天花板，並沒贊成我的說法。

我只好覺悟了，既然他不打算仔細閱讀，只是要大致瀏覽過，陪陪他也不錯。隨意讀著之時，忽然見到「編輯」兩個字。我本來以爲是述及服部史郎的部分，結果卻是另一個人。儘管如此，我還是順便讀一下該部分的內容。

※

「作家最近也上班族化了，有人早上七點起床，從家裡徒步五分鐘至工作室，上午九點到下午五點寫作，傍晚收拾好一切就回家。像以前那種拼命三郎型的人現在不但少見，連放蕩型的人也見不到了，感覺有點寂寞。」某天，一位編輯喝醉之後這麼說。

那是個以自己在安田講堂被機動隊員毆打爲畢生回憶的老頭（註：西元一九六九年，東京大學的安田講堂爆發學生與機動隊的激烈衝突），人是不壞，可是看久了會讓人覺得憂鬱（妻子擔任老人照護義工，人也很好）。我調侃他說「你當時應該像在甲子園出場的球員帶走一把甲子園的泥土那樣，撿一片機動隊員投擲的水泥碎片當作紀念」，他輕輕瞪了我一眼。

他想怎麼傷感是他的事，可是，所謂的「放蕩型作家」是怎麼回事？某種思考水平的男人似乎特別喜歡這個名詞。在我的印象中，所謂的放蕩型作家就是不照顧妻子，沉溺於喝酒、賭博，有如斷線風箏般棄家庭於不顧，只會隨波逐流寫些內容晦暗的小說。這或許是雜亂的定義，但是，世間所謂的「放蕩型作家」幾乎就是如此。

那麼，爲了見不到這樣的人而感到寂寞，豈不是個過於偏激的編輯老頭？若他認爲這是這個名詞的原意，我會覺得他是個笨蛋。不過，掌握出版文化重責大任的人應該不會那樣草率地運用語言才是，所謂的「放蕩」應該是「不足以倚賴」的意思吧！

讓母親替自己做飯、洗衣、打點一切，自己卻淨做些自己喜歡的事，並到處玩樂的就是這種「放蕩型」的人！這種人的腦袋裡長了蛆，精神有毛病！他們不是什麼「放蕩」，而是「狡猾」、「卑鄙」。雖然對男人的喜好因人而異，可是無論到地球上哪個地方，「狡猾」、「卑鄙」的男人是絕不會被認爲具有價値的。絕不會！少了母親就活不下去的半調子男人算不上放蕩，只是個笨蛋。

有憧憬放蕩的人也好，有想自稱放蕩的傢伙也無所謂，但是，耳朵掏乾淨聽好了，編輯老頭！放蕩的男人是沒有母親或妻子的。已經結婚（或曾經結過婚）的什麼放蕩型男人全都是贋品，有妻子的人還自稱爲放蕩型男人未免太醜惡了。如果眞的有不只外在被貼上這種標籤，連內在也是如此的人，我倒是很想認識一下。因爲，這種人雖然過分，應該還不至於狡猾、卑鄙。這不是很棒的一件事嗎？就算我無法由衷認同，也想和他一起喝杯茶。

※

我很欣賞這段話，雖然筆調相當刻薄，但是論點完全正確。這段文章的目的並非批判那位編輯老頭，話題接下來轉到因爲放蕩過度終致營養失調而病倒的一位紅不起來的演員男友身上。我想，住在京都的這位演員或許與此次事件有關，繼續閱讀下去才發現他的命運相當悲慘，半年前已經因爲騎機車出車禍而死亡。

我們斷斷續續地閱讀，發現裡面也有與西班牙餐廳的巴倫吉諾相關的記述。對於來到異國奮鬥的他，白石憶起在西班牙渡過二十幾歲前半段的自己，不吝嗇地給予聲援。雖然與以偏激筆調誅伐放蕩型作家的行文風格完全不同，卻同樣充滿熱情，不過，很遺憾的，無法發現與命案相關的內容。

約莫三十分鐘後，我們終於將影印本讀完。火村點燃第四根駱駝牌香菸，我把影印本收拾整齊。

「有什麼發現嗎？」我問火村。

「沒有，但是有稍微瞭解到她生前的爲人。雖然氣勢凌人，卻又帶著些許傷感。書中出現許多男性友人，卻沒有似是戀人的男性，不只如此，也絲毫不見帶有『希望談戀愛』或『想戀愛』意味的文章。」

他究竟想說什麼？

「難道你認爲她是同性戀？」

「嘿，你的想像力倒很豐富！我沒有這樣的想法。」

關於這點，只要調查她的交友關係應該馬上就能知道。

「對了……」

「肚子餓了呢！」

怎麼，我正想說去吃飯吧，想不到教授也會餓？

「到樓下的餐廳吃吧！」

「教授，這太寒酸了吧！難道你只有在學校或警局的餐廳吃午飯的預算？」我說。

「我只是調查一下警局餐廳的水準。」

的確，有時候進入外面的公司或學校餐廳用餐時，常會有意料之外的發現。以前我去某國立大學蒐集資料時，曾在那裡的學生餐廳吃午飯，看到那裡貼出來的佈告嚇了一跳，隨即失去了食慾，佈告上面寫著「各位醫學院的同學，請勿穿著解剖實習服裝用餐」。

「哪裡都行，走吧！」

送還影印本，我們前往樓下的餐廳，順便至刑事課看看，發現辦案人員正圍坐在房間中央。

「啊，火村教授，你們來得正好。」一位刑事搓著雙手，叫著。「大家正打算去找你呢！我們這裡沒人會說外語。」

我很訝異，外語又是怎麼回事？仔細一看，人群中一位穿格子襯衫、身材頎長的男人剛好回頭。雖然是黑頭髮黑眼珠，卻不是日本人。

「這位是喬……巴倫吉諾先生，是爲了白石七惠的事件而來。」

原來他就是巴倫吉諾？一張像船員的精悍臉孔，頭髮亂蓬蓬的，可能是慌慌張張地趕來吧！

「你會講西班牙語嗎？」不知何故，他用英語問火村。

雖然是正確的選擇，可是我忍不住心想，一個人會不會多種語言難道可以從臉孔看出？

火村回答：「不會。但是如果你會講英語，我希望能以英語溝通。」

這兩句對話，我當然聽得懂。

巴倫吉諾面對我們，用帶點腔調的英語開始敘述，應該是說自己從電視新聞上得知白石七惠死亡的消息後，便立刻匆忙地趕來這裡吧？可能也提到想見七惠的遺體最後一面……

「請你冷靜下來。她的遺體目前已送往大學解剖，不在這裡。不過，你來這裡並不會白跑一趟，警方正好想向你請教一些問題，請務必幫忙。」火村說。

頎長的西班牙人低下頭，臉上浮現悲傷的表情，點點頭，接著重新自我介紹：「我是喬瑟普・巴倫吉諾。」他伸出右手。

但是，火村並不想跟他握手。

「什麼……」他盯著巴倫吉諾，說了出乎意料的話：「請你再說一次。」

6

夕暮逐漸籠罩公園。

刺骨的冷風吹掠樹梢，枝椏婆娑，枯葉飛舞。黃色的落葉在涼亭的紅色屋頂上繪出斑點圖案。路燈不久後應該就會亮起來吧？和昨夜照在白石七惠身上的燈光一樣……

我們三人坐在涼亭外的長椅上，火村坐在中間。

火村翹起腿，唇上叼著菸，開口說：「白石小姐可能是眞的喜歡他吧！從她房裡找到的日記上，斷斷續續地寫著戀情無法順利進展的事情。可能因爲羞於啓齒，她告訴對方『我沒在寫什麼日記』，所以對於日記的出現，他感到十分意外，也因爲如此，他原先才會一口咬定完全不知道她的異性交友關係，實在是太不懂女人心了。」

「他……那位服部先生和七惠是什麼關係呢？」江波千穗面朝火村。白皙的粉頸上有一顆鮮明的黑痣。

「很平淡的戀情。白石小姐認爲，既然要戀愛，就該濃厚些才對；可是，對方一旦趨向積極，服部史郎卻開始逃避。依服部自己的分析，兩人的交往之所以沒有公開，一方面是她認眞得可怕，另一方面則是他正好相反。」

「他自白了？」

「沒錯。他雖然辯稱與她的交往純屬成人遊戲，沒發生什麼爭執，可是當警方告訴他白石小姐臨終之言，他隨即噤聲不語。」

——我原諒他。

——沒關係……我原諒他了。

野上緩緩重複她的話時，服部終究還是掩起雙耳。那是他沒辦法置若罔聞的兩句話。

「兩人昨晚來到這裡。似乎是她硬拖著不太情願的服部前來，並對他說『我希望能與你在我所生活的地方一起散步，順便去我經常獨自看書的公園涼亭坐坐』。對她而言，這是很美好的計畫，可是他卻不願意。」

「他說三號晚上想和七惠見面，卻被她以『事先與人有約』爲由而拒絕。」

「他說謊，兩人確實見了面。」

「可是，他爲什麼要殺害七惠？他沒必要做出這麼殘忍的事吧？」千穗恨恨地說道。

「妳說的沒錯，服部自己應該也爲這件事飽受折磨吧！他表示，當他向她表明『我不打算接受妳的愛情，希望今後我們只有工作上的往來。而且坦白說，我已經論及一樁婚事了』，她聽了後激動得撲上來說『身為男人講什麼論及婚事？而且是在對你告白、真正喜歡你的女人面前』。雖然那是令人想落荒而逃的場面，但沒有人會因此就殺害對方的，正常人應該是不會。他辯稱他只是推了白石小姐一把，對方卻不巧撞到長椅椅角而昏倒。」

「是這樣嗎？」

「相當可疑，因為長椅上並沒發現任何一滴血跡。雖然現在仍在偵訊階段，無法立刻下定論，但很有可能是他在盛怒之下抓起手邊的什麼東西毆擊白石小姐，至於當時是否有殺意，那就無從得知了。」

對千穗而言，這些話聽起來可能很難受吧！即使這樣，她似乎仍想完全瞭解一切。「聽說火村教授在日記尚未出現時就已經懷疑服部了，你是什麼時候發現這位編輯就是兇手的呢？」

火村取出類似化妝盒的菸灰缸，熄掉香菸：「江波小姐應該也看到了涼亭與人行步道交界處留下的腳印。最初，我們以為那是白石小姐所留，認為可能是她在雨停——或者幾乎快停了——之後，來到涼亭而留下的腳印。因為雨停的時間和警察發現她的時間相差不多，以這樣推斷最為合理。

然而，調查後發現事實不是如此，腳印是帶著狗的某位婦人散步所留下的痕跡。若是平常，這會是非常奇怪的情況，散步的婦人穿越涼亭至巡邏的巡佐到達涼亭，兩者的時間相隔極為短暫，很難認為這期間會有不知來自何處的兇手與被害者出現，且兇手的兇行得逞。不過，如果散步的婦人是視障者，那麼情況就不同了。

她自己也承認有可能沒注意到昏倒的白石小姐而經過其身旁。也就是說，凶行比婦人散步經過的時間還更早發生，或許是雨剛停的時候，也或許是雨仍下著的時候。不過，不管是哪一種，我都還是有所懷疑。」

銀杏葉飛舞似地飄落在千穗的膝蓋上，但她卻似完全不覺，聆聽火村的說明。

「根據警方在現場的調查，白石小姐攜帶的手提包或提袋之類的東西被拿走，只留下了被害者與其貼身物品。現在，妳大概能明白我無法釋懷的是什麼了吧？亦即，她的雨傘到哪裡去了？命案如果是在下雨期間發生，她當然有撐傘；若命案是在雨剛停之後發生，那她到這裡時應該也會撐傘，對不對？所以我覺得很不可思議，白石小姐的雨傘到底到哪裡去了？」

路燈忽然亮了起來。周遭的樹木幾乎完全溶入黑暗中。

「她被發現時並非全身溼透，車子也不能直接開進公園，所以絕對是撐傘走到涼亭。這麼一來，可以想到的情況有兩種，第一，她撐著自己的雨傘前來，兇手在行兇後帶走雨傘。若要問兇手爲何這麼做，理由是，雨還在下著，而兇手自己並沒帶傘，也就是兇手和被害者共撐一把雨傘。第二，她和某人一起撐傘前來，自己並未帶傘。」

「無論是哪一種……都表示七惠是與人共撐一把傘？」

「不錯。」

「可是，」千穗腦筋轉得極快：「昨天那場雨並不像夏天的驟雨，從白天起，天空就已烏雲密布了，晚上八點左右開始飄雨，我認爲不管是七惠或兇手，應該都會撐傘。」

「從常理來說是這樣沒錯。如此一來，就不是第一種情況，而是第二種了。」

「咦？可是，七惠應該自己有帶著雨傘……」

火村微笑：「如果是正在戀愛中的男女，就算兩人都有帶傘，共撐一把也沒什麼好奇怪的吧？」

她右手撫上自己的臉頰，輕聲說：「是呀！」

「她的目的就是要共撐一把雨傘。在路上不是也常見到女性手上拿著大傘，卻故意躲在戀人的雨傘下嗎？」

確實是常會見到的景象，我自己也有過一次這樣的經驗，只不過那是十多年前，我還只有二十二歲時的事。

「可是……若是這樣，她的雨傘不是應該要留在現場嗎？兇手帶了自己的傘，就算在雨中離開涼亭，也沒有帶走七惠雨傘的理由。」

千穗的疑問完全合理。

「不錯，兇手的確沒有帶走白石小姐雨傘的理由。他不是想這樣做，只是結果如此。」

「你的意思是？」

「兇手想帶走的是白石小姐的手提包，目的是爲了僞裝成臨時起意的竊盜殺人，雨傘只不過是剛好收在手提包裡。她一直勾住兇手——服部——的手臂，和他共撐一把雨傘。」

那看起來一定非常親昵的模樣吧？或許當時的兩人皆想不到馬上就會面臨殘酷的幻滅。

「我早就猜想兇手會不會是和白石小姐感情親密到共撐一把傘的男性？但是，當時並沒有懷疑自稱和白石小姐只有工作關係的服部。」

「聽說教授是在見到巴倫吉諾的瞬間才開始懷疑服部……」

千穗瞄了我一眼。

沒錯，是我告訴她的。

「我不明白為何見到巴倫吉諾的瞬間會覺得服部可疑？那兩人彼此之間毫無關連。」

「並不是見到巴倫吉諾的瞬間，而是聽他做自我介紹的時候，瞭解到妳前天晚上聽到的『雨天決行』的意義。」火村不像故作姿態，而是真的感到無聊地說。

「我愈來愈不懂了。教授果然很像夏洛克．福爾摩斯。」

「對不起，這只是因為我拙於說明，讓妳無脈絡可尋。其實明白之後就會感到很可笑。那並非確認運動會或遠足之類的日期，而是與編輯討論工作內容的電話。」

「寫作和天氣有關嗎？」

「不。所謂『雨天』指的不是下雨。我向有栖川求證過，在編輯作業中，會將對片假名的『ウ』打上濁號（〃），稱之為ウ點，和雨天讀音相同（註：兩者的日文讀法皆為uten）。所謂的在ウ上打濁號，就是用於以片假名取代字母V的標示上，譬如小提琴、維納斯之類以V開頭的名詞。」

「那就叫做ゥ點？」

「我稍微讀過白石小姐所寫的東西，發現她對外來語的標示相當在意，也可以說是相當神經質，像義工、水平等字皆打上ゥ點，至於標籤的英文拼法是label，就在『ヘ』上打濁號，而貝多芬的英文拼法也依B和V的不同，區分爲沒打濁號與有打濁號。但，即使是如此講究的人，應該也不太會在『電視機』的外來語上打濁號吧？由此可以想像，在進行校對時，ゥ點是否適當對她而言非常重要。」（註：在日文中，標籤的片假名爲レベル，貝多芬爲ベートーヴェン）

——那不行！

——這邊可以在雨天決行。

對著話筒所說的原來是有關原稿的校對。

「教授是讀了七惠所寫的東西後，隨即瞭解到『雨天決行』的眞正意義嗎？」

「不，只是覺得她對B和V的標示特別在意。但是，奇怪的是，有關『巴倫吉諾』的標示，即使是完全不懂西班牙語的我，也能判斷其拼法爲Valentino。如果是這樣，就應該在其上使用ゥ點。假設是和我長期配合的責任編輯，一定會想確認此處是否有誤。不過，當時我並沒想到妳所說的『那不行』、『這邊可以在雨天決行』。」

「結果……見到巴倫吉諾時才想起來？」

「是的。他自我介紹說『我是巴倫吉諾』時，我愣了一下，雖然明知很沒禮貌，仍請他『請你再說一次』，然後注意他的唇形，發現他沒有咬著下唇，所以請教其字母拼法，發現是Valentino沒錯。多方求證後，我終於瞭解，西班牙語的V和英語或法語的發音不一樣，不需要咬下唇，因此用片假名標示時，不必打上ゥ點。」

我試著還原江波千穗聽到的對話片斷。

——巴倫吉諾先生的巴應該打上ゥ點吧？需要更正嗎？

——那不行！

——好的。另外，電視機直接用ビ就可以？（註：電視機在日文中有テレヴィ和テレビ兩種寫法）

——嗯，這邊可以打上ゥ點沒關係。（註：這句話的日文讀音與「雨天決行」相同）

「所以我直覺想到，事件前夕和她以電話確認『明天晚上，可以嗎』的對象，很有可能就是她的責任編輯。如果再連接上述共撐一把雨傘的推論，便忍不住懷疑服部史郎其實與其陳述正好相反，和白石小姐有極爲親密的關係。就在這時，警方又從她的房裡找到日記，所有的證據完全指向他。」

火村沉默下來，抽出一支香菸。千穗俯首，輕輕按住眼角。我們不知道該對她說些什麼。

秋天的夜幕完全降臨。

火村劃亮打火機，火光酷似祭壇上點燃的燭光。

龍膽紅一的疑惑

1

「有栖川先生，請你務必幫忙。」對方深深鞠躬，彎到連頭頂都能見到。

當了幾年推理作家，這是第一次在出版社的會客室受到總編輯如此鄭重請託。

「也希望你能代爲向火村教授致意。——喂，你也好好地說幾句話呀！」

被直屬上司用力拍了一下肩膀，片桐光雄聲音裡透著困惑，回答「是的」，然後面向我，以眼神示意「眞不好意思」。

事實上，此刻的我正醺醺然呢！

「那麼，叫車子來。」總編輯的食指指向房門，一副慣於指使別人的姿態。應該是意味著：快去工作。

我們擱下喝沒兩口的咖啡走出房間。總編輯很鄭重地送我們到電梯前。

電梯門一關起，比我年輕一歲的責任編輯立刻出聲道歉：「眞的很不好意思。」

「雖然受了總編輯的請託，不過我並不期待以後會有什麼好處。」

「我知道有栖川先生不是小心眼的人，你純粹是爲了幫忙才會接受請託，當然，或許對我還有一點點友情。」

「我什麼都沒做，要幫忙的人是火村教授。」我極力裝作若無其事地說。

火村英生教授應該在隔壁的咖啡廳等著。

「在那裡。哇！他好像正在看某種很難懂的書呢！」片桐發現坐在大型落地窗旁的火村，以指尖輕敲玻璃。

西裝革履、正在閱讀原文書的火村彷彿從咒語中獲得解放，抬起頭。看來似乎是在閱讀自己專門領域的犯罪學文獻。

片桐指指出口。他輕輕頷首，迅速將書本放入皮包內。

「眞是抱歉，你剛結束學術會議就麻煩你。」片桐說。

我重新打量火村。白色夾克搭上芥子色襯衫，襯衫胸口鬆垮垮繫著的黑色領帶搖來晃去，他在參加學術會議時的穿著好像和平常沒什麼兩樣。

「眞的很對不起，把你當成私家偵探。因爲是受到暢銷作家的請託，所以得有所回應才行。」

火村對顯得有些惶恐的片桐揮揮右手：「詳細情形路上再談。」

「是的，我會在車上說明。」

在神保町的十字路口攔到空計程車後，坐在司機旁座位的片桐囑咐司機：「到碑文谷。」

然後，他問火村：「火村教授讀過龍膽紅一先生的小說嗎？」

他當然沒讀過，不過，我倒是多少知道龍膽紅一寫些什麼樣的小說。

龍膽紅一是風靡一時的暢銷作家，以純文學的新人獎正式進入文壇，但是作品的銷售量只有如地方性電影院的觀衆席次般區區幾百冊，所以沒多久就轉而創作介於純文學和大衆文學之間的半通俗小說，結果獲得極大的迴響。他那大膽描寫性愛、適度通俗兼適度文學之風格的愛情小說受到壓倒性支持，讀者有百分之八十以上爲女性，其年齡層號稱從十三歲的中學生至一百歲的老太婆——這說法應該是有點誇張啦！

「龍膽先生今年雖然已經五十八歲，但他是個有漂亮白髮、相當有男性魅力的紳士，對他著迷的讀者不少，因此不只小說賣得好，連散文也很暢銷，敝公司曾經靠他的著作賺了不少錢。」

「曾經？你的意思是最近銷路不好？」火村抓住對方語病。

「也不是那個意思。龍膽先生的書至今仍賣得不錯，雖然最近銷售量有些下滑，不過還是有讀者常會詢問『下一部作品什麼時候會推出』。問題在於，他這幾年來陷入嚴重的職業倦怠，完全沒有新作品發表，最新的應該是四年前青洋社出版的『砂丘之影』吧？敝公司則是已有六年沒出版他的作品了。」

「看樣子好像頗嚴重。」我接腔。

「是的，好像完全沒辦法寫小說。所以這四年來只發表一些有關周遭瑣事的雜記類散文，而且篇幅極短，連輯成一冊的份量都沒有。還好已出版的作品銷路不錯，否則早就銷聲匿跡了。」

如果是我，應該連想混口飯吃都不可能吧！

「這是內部機密——龍膽紅一有一部尙未發表的長篇作品已交給敝公司，但是，他嚴厲要求『不得出版』，所以連校對都還沒進行。」

「什麼，原來在你手上？」

我曾在某雜誌上得知「有一本作者本人禁止出版的新作」，卻未明白指出是在珀友社手上。身爲該書的編輯，一定急得咬牙切齒了。

「那位龍膽先生是不是職業倦怠加上神經衰弱？」火村把已經很鬆垮的領帶拉得更鬆一些。如果因爲等一下要和大作家見面，又不喜歡繫得太緊，那乾脆拉掉就好了……

「不，是否神經衰弱我不清楚，但卻妄想著家人中有人企圖謀害他。可能是因爲這種妄想揮之不去而非常苦惱吧？但是，這種情形警方是不可能出面的，所以……」

「所以才會請臨床犯罪學家出馬。」

這是我給火村冠上的頭銜。在京都的我們母校主講犯罪社會學的他，經常在犯罪現場進行實地考察，以可稱爲名探的手法大力協助了警方的調查，如果只稱他爲犯罪學家，似乎無法清楚說明現況。

「龍膽先生曾聽某人提過火村教授的眞面目。」片桐說出「某人」的姓名。

那似乎是與以前某椿事件有關連的人，火村點點頭。

「他也聽說火村教授這位名偵探和推理作家有栖川先生關係非常親密，所以對我們總編輯表示：『與有栖川先生關係最深的應該是貴出版社吧？我希望能透過他請火村教授幫忙』。」

於是，這項請託交由片桐傳達給我，我再轉告火村，決定趁前來東京出席學術會議之便和龍膽紅一碰面。

火村並未感到困擾，卻也不像被挑起興趣，應該只是因爲曾得到片桐幫忙，想以此作爲回報。仔細回想起來，在這個傳話遊戲中，我的存在好像無關緊要，總覺得根本沒必要和火村一起去見龍膽紅一。雖然對方似乎提到「希望趁此機會也能見到有栖川先生」，不過，那很可能只是客套話。龍膽和我在年齡上有段差距，創作的領域和風格也完全不同，就算見了面也不知道該談些什麼。

「我會努力不讓介紹者沒面子，但是，若是他家人中有人想危害他，情況就很難處理了。他這種想法究竟是根據什麼而來的？」

「我沒有清楚地問過他。只是，兩個星期之前，他家發生了一場小火警，他認爲那絕對是有人企圖謀害自己，也如實對警方說過，卻因警方不予理睬，所以……」

「才會找私家偵探？」我說。

這時，車子正好經過櫻田門的警視廳前方。

「發生小火警是事實，並非妄想。根據消防署的調查，起火原因確定是縱火，但若說是爲了取他的性命……」片桐彷彿首度注意到司機的存在，慌忙壓低聲音：「通常是不太可能。不過他卻這麼認定。我們總編輯說『縱火是腦筋有毛病的傢伙在惡作劇』，他卻很生氣地回答『不只那樣，還有其他奇怪的事情』。而所謂奇怪的事情，他則表示要親自告知火村教授，因此才請教授幫忙。」

「有男性魅力的愛情小說作家嗎？」火村搔著少年白的頭髮，望著我苦笑：「如果能拿到他的簽名，房東婆婆一定會很高興吧！」

2

穿越過目黑車站的高架橋，下了權之助斜坡，在目黑街道繼續前行片刻，片桐指示司機：「在那邊左轉。」

到了這裡，我已經完全失去方向感；從車子進入了高級住宅區來判斷，目的地應該就在附近了。一來到前方，馬上就知道那是龍膽紅一的宅邸。並非因爲在一群林立的典雅宅邸中，該處擁有寬闊前院和廣大建地的醒目設計，而是因爲它沒有俗氣的水泥牆，以致於一眼就能見到東邊有一大片白色外牆被燒成焦黑。屋簷有火舌呑噬過的痕跡，排水槽也有部分斷裂，如果滅火時間稍有延遲，難保整棟房子不會全燬。庭院東邊的草皮可能遭火花波及，也是一片焦黑。看樣子，當時鄰居一定很慌張吧！

按了門柱上——掛了「龍膽」兩字的名牌——的對講機後，片桐報上自己的姓名。對方回答「請進」的聲音正是曾在電視節目中聽過的龍膽紅一的聲音。

「別緊張。」我扣上襯衫最上面的鈕釦，喃喃自語。

火村淡淡說：「人家對你又沒有任何期待，你大可保持輕鬆呀！」

「不，龍膽先生很清楚因爲有有栖川先生扮演助手的角色，火村教授才能進行完美的推理。」片桐幫我解圍。

「又不是棒球的投捕搭檔。」火村笑了笑，推開迴廊的門。

出現在玄關的是身穿初春嫩綠洋裝的高雅婦人。本以爲龍膽紅一會親自出來招待客人，所以有點意外。婦人點頭致意，自稱是龍膽的妻子，並請我們入內。片桐先是客氣地打招呼，然後簡單介紹火村和我。

夫人臉上浮現慈母般的微笑：「請進。」

我的身分維持不變，不過火村的角色卻變成片桐的同事，也就是出版社的編輯。

我們在對方的帶領下進入長長的走廊。過了轉角的長廊盡頭有一扇大門。

夫人敲門後，門內傳出龍膽的聲音：「請進。」

打開門，裡面是二十蓆榻榻米左右的寬敞西式房間，是龍膽的工作室兼書房與會客室。

「百忙中讓你們跑這一趟，眞是很不好意思。」站在房間中央的龍膽走向我們說道。

有許多作家在拍照時會打扮得西裝筆挺，但是，龍膽今天卻穿著和服。這可能就是他平常的穿著吧！至於照片，則是爲了要表現都會感，不得不放棄和服打扮，畢竟他本人和出版社皆重視女性書迷想像中的龍膽紅一形象。

第一次面對面，我不由得感慨了，沒錯，確實是充滿魅力的好男人模樣，難怪能受到不分老少的女性喜愛。

主人招呼我們至東側窗邊的沙發坐下。由於其長度足以當作床鋪，可以五人並排且舒適地坐著。西側牆壁有高達天花板的書架，南側是面向庭院的大窗戶，和窗戶相對的是主人的工作桌。

我忍不住羨慕起來，眞希望能在這樣的房間工作。

「火村教授，還有有栖川先生，對不起，你們受到請託的說辭一定是，雖然是個神經衰弱的作家在自尋煩惱，不過請聽聽他怎麼說，對吧？」

「不，我們沒有……」片桐想解釋。

「我並非在發牢騷，而是自己也覺得不好意思，所以你沒必要放在心上。」龍膽制止他。

「是……」片桐不吭聲了。

接著，龍膽先自我介紹，然後片桐向他介紹火村和我。他的態度雖然平靜，可是眼神溢滿不安，能感受到他時常保持著警戒。

「別浪費兩位的寶貴時間了，我們立刻進入正題。」等龍膽夫人送來咖啡並離去後，龍膽開口：

「我一直覺得有人企圖要取我的性命。或許你們最後的結論會是『這只是種被害妄想，請找神經科醫師商量』，但是，請先聽我說明。而且，若你們認爲我的恐懼毫無根據，也希望不要只是勸我就醫，而是能以邏輯充分說明緣由。因爲若像這樣繼續下去，別說我無法工作，連在家中安心吃飯、睡覺都不可能。」

果然是相當嚴重的症狀。

「聽說還出現讓你感受到確切恐懼的具體事件，麻煩你針對這方面作個說明。對了，可以在這裡抽菸嗎？」

「請便！」龍膽指了指桌上的貝殼形菸灰缸；「我就先來說明爲什麼我會認爲家中有人企圖要我的性命吧！你一定覺得我的心理狀態很異常，對不對？」

火村抽著駱駝牌香菸，搖搖頭，似乎不予置評。

「在這裡說出來應該不會有問題，所以我就坦白告訴各位，從很久以前開始，我就完全無法感受到家人們的親情，內人、兒子、女兒、女婿等等，不但沒有任何一個人愛我，更只是單純地把我當作提款機。」他一開始就講出不尋常的話。

火村無動於衷，我卻覺得不太自在，片桐則似乎想說「我可以暫時失陪嗎」。可是龍膽彷彿沒看到這些，語氣逐漸熱切地繼續說下去。

「我的書累計至今已售出一千萬冊，也因爲這樣，自從成爲暢銷作家後，不但得以償還以前的債務，也能提供家人富裕的生活。這是事實，但是，衆所周知，無論有多少財富也無法買到幸福，因爲一旦獲得富足，人們馬上會視之爲理所當然。讓你們過著奢侈的生活而不至於有所匱乏是我的責任，不是嗎？但是，不知何時卻因此失去了親情的羈絆，成爲只是同居的關係。

妻子在人前表現得對我百依百順，但平常總是臭著一張臉；同住家中、就讀大學三年級的兒子，腦子裡想的只有汽車和女人，對自己未來的人生毫無規劃，只會過著及時享樂的生活；女兒去年結婚，住在離這裡步行約十五分鐘可到的地方，每一次和丈夫回來，或是帶著剛出生的外孫來探望我時，總是一副如果可以的話，盡可能想逃避這種義務的態度；另外，當會計師的女婿則令人不敢眞心相待，婚前，我以爲他是個可靠的好青年，後來逐漸瞭解他的本性後，發現他雖然深愛著女兒，但卻極端執拗自我，對金錢的觀念又骯髒至極，過年期間和他一起喝屠蘇酒聊天時，整個人不禁感到很沮喪。」

片桐邊用手擦拭額頭，邊再三把已經空了的杯子拿到嘴邊。心地善良的他，好像比我更拙於應付這種場面。

不管怎樣，我還是認爲龍膽的話太過嚴苛，對自己家人不應該如此惡意批判。

「這個家正在解體。以前妻子和孩子們偶爾還會對我表現尊敬和感謝，不過，最近連這個都消失了，理由很簡單！我雖然努力想維持提款機的優秀品質，但機器已出了狀況，而且似乎完全當機！你們一定明白我想說什麼吧？也就是說，我已經寫不出小說了。對不對，片桐？」

片桐縮著脖子，曖昧頷首：「我不認爲龍膽先生已經無法繼續創作，任何作家都會有遭遇瓶頸的時候。」

「有栖川先生很幸運地擁有一位優秀的責任編輯。」

這次，流彈射到我身上來了。我回答：「他的確是位優秀的編輯。」

「我是眞的寫不出東西了。」龍膽臉上浮現悲傷的表情，那種強烈的自我表白令人痛心。

「至目前爲止，我一直都是自欺欺人地繼續寫著，可是有一天卻受到強烈的自我質疑：『我爲什麼會寫這種爛東西弄髒稿紙呢？這樣瞎扯的內容有什麼意義？』。就算因爲和編輯有約而勉強自己坐在桌前，寫著寫著卻發覺內容言不及義，隨即丟掉手上的筆……這種狀態已經持續了四年，到頭來，我還是不得不承認這個機器已經完全壞掉，我已成爲宛如用過的面紙般毫無價值的存在。」

「這種想法不會太誇張了嗎？」火村說。

龍膽伸手耙抓著滿頭銀髮：「或許是多年來亂寫些不入流文章的報應，導致現在混雜著可笑的想法，請不要介意。——我已經寫不出東西了，雖然散文還可以勉強寫一些，卻也覺得愈來愈困難，又因爲與自己性子不符，我一向拒絕演講之類的活動，現在如果再以作家身分站在人前，只是徒然令自己痛苦而已，換句話說，我完全失去獲得收入的管道，只是個精神有病之人。

這麼一來，對家人們而言，我不但沒用，甚至還成爲他們的累贅，最好能不要存在。就算我不在了，已出版的書同樣能繼續再版，他們還是可以拿到錢，而且是直接拿到。所以最好是我死了，我一死，他們不但能拿到版稅，還能領到八千萬的壽險理賠，另外，他們也知道我交給珀友社一篇作品，或許還可以趁機出版再多賺一大筆錢。」

「我已經明白龍膽先生對家人的看法了。現在請你說明讓你疑惑的具體理由。」火村沉穩地轉移話題。

作家再度耙著頭髮，正想舉例說明時，視線忽然望向窗外，同時低頭致意。一看窗外，籬笆對面的鄰家，一位肥胖的老婦人手拿掃帚微笑站立。是所謂的惠比壽臉——臉上的肉好像笑到快掉下來的臉。

「那是我最重要的書迷，一直催促我『趕快寫新的小說呀』，讓我既高興又痛苦。」龍膽言歸正傳。「兩個月前發生一件事，我後來仔細地回想，發現應該是針對我而來。那是二月上旬的星期六傍晚，女兒夫婦帶著外孫回來。女婿叫丹澤朝雄，女兒叫靜香。這天晚上，我們已經打算好要全家一起到外面吃一頓豪華晚餐，並事先預約了餐廳，只有我因為有點感冒跡象，覺得身體不適而留在家裡。由於沒有食欲，我很早就上二樓的臥房換上睡袍。內人幸世外出前替我煮了稀飯，放在臥房裡，我吃過稀飯後便上床。我平常都習慣服用安眠藥，不過因為當天已吃了感冒藥，因此未再服用安眠藥而躺著打盹。忽然，樓下電話響起，本來我可以不去接的，但想到也許會有什麼緊急事件，還是披上外套下樓……」

他緊咬住下唇。

「樓梯由上往下的第三階放著孫子的玩具，是圓筒形的搖鈴，我下樓時差一點就踩到它了！待會兒你們可以看看，我家的樓梯很陡，相當難走，如果當時踩到而跌了下來，很可能會受重傷。我心想『真是危險』，並拾起玩具時，電話鈴聲也隨之中斷，該怎麼說呢……應該是估好了『哼！居然沒有上鉤！』的時間吧？而且，電話掛斷後並沒有再打來。」

龍膽低著頭，再次咬緊下唇。

火村凝視作家的神情說：「也就是說，你認為你的家人中有人故意把搖鈴放在樓梯上，再從外面打電話誘你下樓，等著你失足跌落？」

「正是這樣。」

我和片桐偷偷交換視線，以眼神對話：只是這麼一點小事就認為家中有人企圖謀害他，從另一種意義來說，確實是很危險。

「令嫒夫妻帶著令孫回家，把玩具遺忘在樓梯上並沒什麼好不可思議的。如果是只有房東婆婆和我兩個人居住的地方出現搖鈴，那倒眞的是奇聞。」火村的聲音聽起來比平時開朗響亮。

因爲，龍膽的聲調過度低沉晦暗。

「我當時也以爲是靜香不小心遺忘的，卻因爲嫌麻煩而沒責罵她。會意識到可能有人企圖謀害自己是一個月後發生的事。那天，我到新宿買書，回來時已經接近交通尖峰期，因爲不習慣而正覺不安之時，忽然有人從背後推了我一把，害我差點掉下月台，幸好旁邊一位年輕人伸手拉住我，我才得以平安無事。當時正値電車進站，眞的是千鈞一髮。我本來以爲是自己不該在擁擠的月台發楞，但是，留在腰際、被人推撞的感覺仍非常強烈，很顯然地懷著惡意。我這樣說，你們大概也不會認同吧！」

他臉上浮現自嘲的笑容，卻馬上恢復嚴肅神情。

「可是，各位，如果再加上半個月前的火警呢？你們或許會說那是偶然，不過，請站在我的立場想一想，這樣一來我還能安心嗎？」

聽他這麼一說，我的確有點心動。

3

他說明小火警的經過之後，希望我們能詢問他的妻子和兒子，而且要從若無其事的閒談中將話題轉到火警之上，他這段時間則去打小鋼珠。當然，他對妻子託稱是與其他編輯約在附近，需要外出一下，可是讓片桐先生他們在家裡等又很沒禮貌，希望妻子能代爲招待，同時也叫曉久出來打聲招呼。

我認爲有編輯來家中卻刻意叫兒子出來打招呼很奇怪，但龍膽卻仍這麼安排。

「要詢問那位溫柔的夫人實在有些難爲情，感覺很有壓力。」充滿男性魅力的作家出門後，片桐出聲抱怨。

「發牢騷也沒用。他打完小鋼珠回來，一定會問妻子和兒子『我不在時你們談了些什麼』，所以就算是形式上，也必須聊及與火警有關的話題。畢竟那是我們的工作。」火村說。

「這是無所謂，不過關於龍膽先生的疑惑，你在大致問過後有什麼看法？」

在夫人來之前，我希望聽聽火村的意見。我是覺得可笑，不知他的看法如何。

「這很難說。龍膽的精神狀態看來極不穩定，但也不能因此認為在他身上發生的三樁意外背後並未存在某人的惡意。」

「你太過慎重了，坦白說，我不以爲然，我認爲龍膽先生需要的是精神科專家的診斷。」

有人敲門。夫人端著盛放紅茶和蛋糕的盤子進入，同時爲龍膽棄客人不顧而自行外出致歉。

「沒關係。不過，龍膽先生最近有坐在書桌前寫作嗎？」冒牌編輯火村用略帶顧忌的語氣問她。

「他一直說擺脫不了職業倦怠。」

夫人面向我們坐下：「一定給你們帶來困擾了吧？這種事情除非他本人重新站起來，否則別人也無能爲力……珀友社的編輯先生，如果你們很困擾，何不將鎖在金庫裡的新作出版？」

「不能這樣任意而爲。」片桐攤開雙臂：「這樣是背信行爲。」

「我想也是，而且他絕對會氣瘋。他是常坐在書桌前，可是完全是爲了閱讀報紙和看書，稿紙則收在抽屜裡。已經有四年都是這樣了，大概是油盡燈枯了吧？像這樣繼續下去，眞的會完蛋。」

或許是因爲從事同樣的工作，這些話在我耳中聽來，引起些許冷漠的迴響。

「提到油盡燈枯讓我想起一件事，貴宅好像遇到危險的惡作劇？」火村巧妙地導引話題方向。

「是呀，好可怕，是縱火呢！還好只是牆壁和屋簷燒焦。不過從那之後，這裡的自治會就決定加強夜間巡邏。」

「聽說是夫人和令郎不在家的時候發生？」

「只有外子在家睡覺。他睡覺有服用安眠藥的習慣，如果是嚴重的火警一定逃不掉的。一想到起火地點就在他的臥房正下方，我就毛骨悚然。」

夫人也認同龍膽所說的「自己差點死掉」並非誇大其詞。

這是必須留意之處。

「好像是晚上十一點之前，不過，龍膽先生總是在這個時間休息嗎？」

「不、不，只有那天因爲喝多了酒而提早上床。以往正常工作時，通常是凌晨二、三點才上床，不過最近的就寢時間大約在十二點左右。」

火村的詢問方式極爲自然，夫人毫無戒心地一一回答。

「龍膽先生說歹徒是潛入庭院潑上汽油縱火，也說在那前後，這附近並無縱火事件，所以覺得相當奇怪。警方和消防當局的看法如何？」

「我們家外面是籬笆，不是嗎？因此警方說歹徒可能是避開高牆圍繞的住家，刻意潛入我們家。從那以後，我就一直注意新聞報導，但是好像都未再發生類似事件。」

「龍膽先生說似乎有人企圖謀害他，心情非常緊張。」火村深入追問。

「他一向小心謹愼，而且自我意識過剩，才會講出那種話。他、我，還有小犬都未曾做過會令他人懷恨之事，應該不可能成爲別人謀害的目標。眞討厭，居然對客人講這種奇怪的話。」

她的語氣非常自然，不像眞的在輕蔑丈夫，也沒懷疑縱火具有超出惡劣惡作劇以外的意義。

「沒人見到可疑人物嗎？」默默聽著也會啓人疑竇，所以我提出問題。

「這點也很奇怪，好像沒有那樣的人存在。不過，警方也是在滅火之後過了一個小時才調查這件事，所以……」

「聽說是鄰居們幫忙滅火？」火村問。

「路人見到煙霧而放聲大叫，所以大家都衝出來幫忙滅火，還帶了滅火器。消防車好像還是等到火勢撲滅後才趕抵。我老是粗心大意，出門時總沒順手關掉一樓的燈，所以大家在外面說著『燈亮著卻沒有人出來，難道沒人在家嗎？』，我這時候剛好回來。知道發生什麼事之後，我嚇壞了。」

「龍膽先生還在睡？」

「好像在半夢半醒之間知道外面亂成一團，不過直到我叫他起來爲止，他一直都躺在床上。」

「他應該大吃一驚吧？聽說妳回家前是和朋友一起聚餐？」

「我去參加女子大學時代的同學會。因爲外子說可以去續攤沒關係，所以就很晚回來。」

火村再怎麼厲害也無法若無其事地詢問對方和什麼人續攤到何時以確定其不在場證明。

「令郎也外出了？」

「那孩子總是在這個時間開車外出兜風，通常要凌晨一點過後才會回家。」

所謂的開車兜風就表示，若沒有同伴也就沒有不在場證明。我心想，他也許會載女朋友同行吧？不過火村並未問及這點，反而說：「龍膽先生如果有什麼萬一，絕對是文壇的一大損失，還好平安無事……要是連龍膽先生也不在家，導致這麼豪華的宅邸被燒燬就糟糕了。」

「沒關係，房子和財產都有投保巨額保險。」話一出口，她慌忙閉嘴。好像說出了不該說的話，又好像是說溜了嘴。

「那是因爲，不僅是我們家，火勢還很可能會延燒至隔壁鄰居，而且那是位體弱多病、單獨生活的老婆婆，又是龍膽最狂熱的書迷，一旦眞的出事就難以彌補，所以……」

她說的那位老婆婆應該就是先前和龍膽打招呼的惠比壽臉老婦吧？也許，無人照顧的她同樣也在千鈞一髮之間！

「實在很不好意思。」火村搔著下巴，似乎很難啓齒似地說。

「有什麼事嗎？」

「這位有栖川先生是推理小說作家，下一部作品的主題預設爲連續縱火事件，若妳不介意的話，我們能否也向令郎請教火警發生當時的情形呢？龍膽先生是說沒關係，不過……」

「沒有問題。外子也說過要曉久出來向各位打聲招呼，可能就是爲了這件事吧！曉久正在二樓睡覺，我去叫他，只是，我很擔心他是否能應對得體。」她似是看不起兒子般說著，端著盤子離去。

4

曉久好像剛睡醒似的紅著眼睛出現，可能是午睡被打斷，染成近黃色而非褐色的頭髮亂蓬蓬的。

「抱歉，打擾你休息。」我說。

他客氣地回答：「沒關係，已經四點了，我五點開始有家教，也應該起來了。」

雖然他可能是啃著父親骨頭、只知道玩樂的青年，不過，會兼家教打工的話就不一樣了。

「嗯，蒐集縱火資料作爲小說的材料嗎？可是，我沒什麼好說的，火警發生時，我正在玩車。」

對他的詢問當然成爲我的工作。

「聽說你喜歡開車兜風，是和女朋友一起嗎？」

「自己一個人。我剛被甩了，駕駛座旁的位子可能會空一段時間。因爲身旁沒有好女人，我每天晚上都遠征到橫濱去透透氣。」

他和充滿紳士風度的父親正好相反，顯得有些不修邊幅，不過給人印象不壞，只是接近孩子氣的率直。

「我回來時，火已經撲滅了，消防署的人在庭院裡調查，而家父也不知道和警方談些什麼。好像是縱火……我盯著看熱鬧的人群，因爲，不是有人說縱火者經常會回到現場欣賞自己一手造成的結果嗎？所以我想找找看是否有可疑的傢伙。」

「有發現嗎？」

「完全沒有，都是熟面孔的鄰居。也許滅火之後縱火者就離開了吧！」

「聽說是潑灑汽油縱火，沒發現推理小說中常見的限時點火裝置之類的東西嗎？」

如果縱火者使用限時點火裝置，那麼，調查不在場證明就毫無意義。

「好像不是刻意安排的縱火。可能是使用某種會完全燒燬的導火線，不過並未留下定時裝置。我也看了起火點，現場只剩下似是當火種使用的報紙灰渣。」

這樣的話，歹徒在十一點之前應該就在現場。但……眞的必須像刑事一樣盤問出龍膽家每個人的不在場證明嗎？我們沒有那種義務吧！

「縱火事件發生的前後時間裡，沒有可疑人物在附近徘徊嗎？」

「應該沒有。可能是哪個腦袋壞掉的人在惡作劇吧？因爲覺得我家沒有圍牆，比較容易縱火。」

他的看法似乎和母親一樣，但是，我卻不太能認同。的確，籬笆是比較容易侵入，不過在選擇沒有圍牆的住家爲目標進行卑劣的行爲時，因爲現場沒有東西遮蔽來自外面的視線，雖然潛入容易，但是被過路者目擊的風險也很大。

「是可以有這樣的看法。」我說出自己的意見時，曉久說。

我改變話題：「住在附近的令姊和令姊夫當時如何？」

「在我到家之前，丹澤姊夫已經就趕來了。」他抓起一個蛋糕：「雖然是住在附近，可是走過來也需要十五分鐘左右，所以姊姊他們最初好像沒注意到。家父和家母也因爲只是小小的火警，而且又是深夜，並沒有特地打電話通知他們。反倒是姊姊他們聽到消防車的警笛聲，才想到火警是在娘家方向。」

「只有丹澤趕過來的原因何在？」

「他加班加到很晚，當時正從學藝大學前的車站走回來，遇到熟識的鄰居告知他『你太太的娘家發生火災』。那個人是只要見到消防車經過就會追著跑去看熱鬧的個性，當他聽到時大吃一驚，來不及通知姊姊就先跑到我家看發生的小火災。」

雖然不知道丹澤加班是否爲事實，卻已經證實龍膽一家人當晚各自分散，只有靜香可能和兒子在一起。

我正覺得沒什麼事可問時，出乎意料地，火村開口了。

「這雖然只是一樁小事，不過對正爲創作苦惱的龍膽先生來說，或許是很大的衝擊。龍膽先生最近的情況如何？」

由於火村自稱是編輯，所以曉久同情似地回答：「已經好幾年沒看到他寫東西了，整天都窩在家裡看書，要不然就是出去打小鋼珠，實在悲慘。他好像很怕周遭的人對他說『我正期待著你的下一部作品呢！什麼時候推出？』，但是，若沒有人對他這麼說，他一定更會墜入地獄深淵吧！都已經是持續到快六十歲的工作了，爲何會突然無法再繼續呢？我雖然覺得不可思議，但做兒子的還是講不出這樣的話。」

他還是很替父親設想，不是嗎？

「你知道令尊有一部已經完成的長篇作品交給這位片桐先生任職的出版社保管嗎？」火村問。

「知道。」他以平淡的聲音回答：「書名是《給綾子的信》吧？他一直不想發表，不知道在堅持什麼，對不起。」

我心想，還輪不到你替令尊道歉，不過還是朝著他微笑。

「既然有已經寫好的東西，將其出版不就好了？這樣的話，就算再也寫不出新東西，面子上也還掛得住。而且，藉著這段時間的緩衝，說不定還可以就此脫離職業倦怠！」

「沒錯，正是這樣。」片桐情不自禁雙手握拳。

曉久也模仿他的動作：「他不寫不行的，因爲全國的女孩子和老太婆都非常期待。雖然，我完全搞不懂那種東西有哪裡有趣……」

雖然措詞不太客氣，卻也能發現他對出版這部未發表作品的期望。這件事如果告知有被害妄想的龍膽，他或許會恨恨地說「那正合他的意」。

火村以眼神示意：已經可以了！

我開口：「謝謝你。」

※

片桐交抱雙臂，沉吟出聲：「夫人和兒子都很正常呀！看樣子有問題的反而是龍膽先生了。還是說，丹澤夫婦有嫌疑？」

火村望著書架，並非在調查其藏書，而是注視著空格上放置的相框。他用夾著駱駝牌香菸的手指指著說：「我們沒理由要求見他們，但是，從照片上可以知道龍膽先生的女兒夫婦的相貌。應該是照片中站在左邊的這兩位吧？手上還抱著孩子，一看就像是圖畫中的老實人模樣。」

丹澤朝雄看起來老實誠懇，靜香也像母親一樣氣質高貴。雖然只憑這個無法做任何判斷，但也很難有什麼積極的懷疑。

「只能設法讓龍膽先生相信他的家人不可能企圖謀害他了，而且，或許不久之後，縱火的犯人就會被逮捕了。」片桐表情疲憊地說。

火村默默的抽出香菸想叼在口中，卻忽然停下動作，似乎被窗外的某樣東西勾起了興趣。

「去問問她吧！」

他突然站起來，走出房間。

我望向庭院，窗外只有隔壁的老婦人拿著竹掃把在打掃庭院。我心想，那個龍膽書迷老婆婆有什麼好問的呢？

火村已跑出庭院，揮手向她打招呼。

「應該是想問有沒有目擊到縱火的歹徒吧？」片桐也看著庭院：「可是，警方和消防人員應該早就問過了，我不認爲會有什麼收穫。」

但是，偵探詢問的內容應該不一樣吧！火村會問些什麼樣的問題呢？

犯罪學家和老婦人隔著籬笆交談。聽不到他們對話的聲音，老婆婆的臉也被火村的背擋住，無法窺知她有什麼反應，只有在不斷搖頭時才能見到她的臉孔，卻發現她的神情冰冷陰沉。

正注視著庭院的默劇時，房門突然開了。

「完全沒跑出賓果，一萬圓一下子就輸掉了。」龍膽憂鬱地走進來。「幸世和曉久怎麼說？咦，火村先生不在？」

「他正在進行調查。」我指著庭院。

這時，火村正好向鄰居點頭道謝，轉頭望向這邊。從他的表情看不出他是否得到了有利的情報，而老婦人則抱著掃帚，駝著背，消失於隔壁屋內。

5

火村一回到房內，龍膽馬上性急地問：「怎麼樣？」

副教授慢條斯理、堅定地開口：「已經詳細問過了。坦白說，我認爲夫人和令郎完全沒有對你抱持殺意的合理理由，換句話說，是你自己想太多了。」

當然，要是只聽火村這樣說就能放心的話，龍膽也不會找我們商量了。因此，他有點不服地說：

「只有不到一個小時的詢問時間，你怎麼能這麼肯定？雖然很抱歉，但是，難道不能給我更好的回答嗎？」

我覺得很不愉快，再怎麼有名的暢銷作家也不應該用這種態度面對初次見面、抱持善意而來的人吧！

但火村絲毫不以爲忤：「我純粹是說明自己的看法。以犯罪研究者的立場來說，這種話聽起來或許不太嚴謹，不過，我自認具備一個能嗅出隱藏之犯罪氣息的鼻子，但這次卻完全沒有任何發現。你所懷疑的事，除了臨時起意的縱火以外，應該沒有更嚴重的犯罪行爲存在。」

「你好像很有自信？」龍膽的氣焰似乎被火村的態度給壓制住了，語氣緩和許多。

「雖然我看起來才三十出頭，但見過的犯罪場面卻多得不可計數，樓梯上放置玩具、在月台上被人推了一把，應該都只是單純的意外。縱火雖是明顯的犯罪，但就如方才所說，並無其他內幕。請你放心吧！如果還是會擔心的話……」火村住口不語。

龍膽忍不住向前傾：「要怎麼做才好呢？」

「只要把已經交給珀友社的小說——應該是《給綾子的信》吧——出版就行了，如果你堅持不願出版，那我也無能爲力。」

我心想，這樣講話太不客氣了，龍膽搞不好會很生氣。

片桐也愣住了，望著龍膽的臉孔。

但是，銀髮作家與其說是憤怒，還不如說對這個意外的忠告感到驚訝：「爲什麼這樣做對我有好處？難道說出書就能夠祛邪？」

「從某種意義而言，確實如此。」火村笑了笑：「你是因爲工作上的職業倦怠導致精神亢奮、神經過敏。從客觀角度來看，我不認爲你的家人企圖謀害你的性命，只是，如果你堅持有這種感覺，爲了解開這種詛咒，只要將新作品出版就可以了，你的家人不會說『可惡，本以爲只要你死了，出書後的版稅就能全落到自己口袋』，他們一定會眞心祝福你，另外，你的讀者也會很高興。再者，見到這種情形，你應該就能再度產生創作的動力。」

「不，不行，那是……」他的眼中露出猶豫之色。

「這也許能同時消除你在創作上的困擾與家人之間的冷漠關係。可能你是基於作家的良心不希望發表，但，事實上你並不是眞心這樣認爲的，不是嗎？因爲，如果眞的是垃圾作品，你應該會要求出版社『還給我』或『丟掉它』吧？抱歉，我不該這樣說。」

「不，沒關係。可是……」龍膽困惑地低下頭。

火村朝片桐動了動右手手指，示意他順水推舟。

編輯會意頷首：「火村先生說的沒錯，你一定很喜歡那部小說。請讓我們出版吧！如果你堅持要修改到自己完全滿意，我們也可以等你，你認爲如何？」

「那和先前的作品大同小異，該怎麼說呢……」龍膽表現出極端的優柔寡斷。

片桐馬上接腔：「你沒必要現在回答，可以仔細考慮過後再給我們答覆，只是，請你不要忘記，你的書不僅賣得好，也非常受讀者歡迎。」

龍膽終於回答：「我知道了。」

也就是說，他會認眞考慮看看。

這眞是出乎意料的結局！

6

雖然龍膽留我們在他家用餐，但我們推拒了。走出他的宅邸已是傍晚五點半。在夕陽的沐浴下，我們的臉孔、鄉鎮內的各處皆被染成橘色。

片桐在宅邸前伸懶腰：「看來這回的任務平安無事地達成了，如果再獲得同意、出版新作，對年終獎金的考核絕對有相當的加分作用。」

對他來說，應該有如卸下肩頭重擔般鬆了口氣吧！

「火村教授，謝謝你的幫忙，這眞是所謂的轉禍爲福。龍膽先生或許會因此擺脫職業倦怠呢！」

「你未免太樂觀了。」我笑說。

火村……他不但沒笑，反而神情凝重，彷彿在思索些什麼。反應敏捷的片桐立刻察覺他的表情，收回笑意。

「怎麼回事？」我問。

「走吧！」他說。

他走在片桐和我之間，朝著目黑街道前進，三條影子在路面延伸。

我問他，該不會是要前往丹澤夫妻家吧？他給我否定的回答。

「到碑文谷警局。不過，我不知道地點，只好搭計程車了。」

「去碑文谷警局？火村教授，到底怎麼回事？難道你想確認什麼事嗎？」

火村沉重地頷首。

「難道……你雖然對龍膽先生那樣說，但其實他的家人中眞的有殺人未遂的兇手？」片桐突然不安地凝視火村的臉。

「出版未發表的作品只是退而求其次的方法。我希望請警方幫忙澈底調查某個人。」

「你認為誰可疑？」我問。

「我就說明一下自己的想法吧！縱火事件發生當時，一樓亮著燈卻無人應答，所以警方和消防人員很訝異沒有人在家。事實上，當時龍膽先生人在二樓，但因為他服用安眠藥而熟睡未醒。假設沒有外人知道主人在二樓熟睡，那麼，若是路過的縱火狂，不是應該會對一樓的燈光產生戒心而避免潛入龍膽宅邸嗎？」

這雖然不是很正確的邏輯推演，卻也有其道理。但……

「如果不是龍膽自己放火，那這件事就疑點重重了。假設一切如龍膽紅一所言，縱火的目的是企圖殺害他，那麼就會形成一個奇怪的推理。」

我們幾乎是以快要停住不動的速度走著。讀小學的男孩頻頻看著我們，擦身而過。

「假設兇手是為了殺害龍膽紅一而縱火，這時，兇手就必須確認下列事情，第一，龍膽已服用安眠藥上床睡覺。他有服用安眠藥的習慣，平常都是什麼時間上床，一般讀者或許可以從他寫的散文中得知，但應該無法事先知道他當天晚上的上床時間。第二，除了他以外，其餘家人是否皆已熟睡或外出。如果未確定這兩點就縱火，火勢馬上被撲滅的可能性極大。事實上，就算在充分滿足這兩項條件的時機下縱火，火勢還是迅速地被撲滅。」

如果採用兇手殺害龍膽紅一未遂的論點，對於這兩項要件當然沒有異議。

「兇手若是外人，爲了滿足此條件，必須在這附近監視，主要在確認幸世夫人與曉久確實外出，並等龍膽臥房的燈光熄滅之後採取行動，否則，將無法在那樣絕妙的時機縱火。」

這點也可以理解。不過，要在這附近長時間監視又不受到懷疑非常困難。我和片桐同時提出這個疑問。

火村也承認：「不錯，的確很困難。但是也不是沒有可以輕鬆監視的位置，譬如，從隔壁庭院隔著籬笆監視。」

「兇手在隔壁庭院監視……因爲有這種可能性存在，你才去問老婆婆？」片桐說著，用力點頭。

火村沒有正面回應，嘴角扭曲：「可是，老婆婆表示『沒發現任何奇怪之事』、『我發誓一定沒有』。那麼，兇手到底是從何處監視？我一度感到很困擾，後來總算找到了捷徑，很簡單的捷徑。」

片桐和我互望一眼，彼此默默交換意見，但完全想不透哪裡有最合適的監視地點。附近並無較高的建築物……

「答案很簡單，兇手只能從隔壁庭院監視，也就是說，縱火者就是那位老婆婆。」

片桐和我同時愣住了。據稱是龍膽最狂熱書迷的那位惠比壽臉老婦，爲什麼會做出那樣可怕的行爲？

火村趕在我們開口前說明：「我和她交談時，忽然想到兇手就是此人，反而無法問她有關縱火的問題，所以只好迂迴轉至其他話題，終於獲得意料之外的假設。首先，那位老婆婆的身體狀況相當差，而且又有疑心病，自認再也活不了多久。第二，她的名字是綾子，綾子。」

那又如何？

「第三，她是狂熱的龍膽迷。這點非常重要！話題轉到龍膽身上時，她臉泛紅潮，眼眶濕潤，幾近異常地喜愛龍膽的小說。」

「狂熱……異常……」

曾說過龍膽有很多狂熱書迷的片桐，臉上掠過一抹不安。

我也有不祥的預感。

「幾乎是接近瘋狂的喜愛。她說非常感謝神明讓她能住在龍膽家隔壁，而且隨時可見到龍膽、和他打招呼。但是，她的幸福已瀕臨幻滅。亦即，龍膽陷入形同封筆的狀態。雖然每次碰面她都會催促龍膽，但作者卻只是發牢騷，雖然已有完成的作品交給出版社，卻不知道作者有何不滿意，硬是不讓它出版，更何況，已經被一部分人知道書名的小說裡面，其女主角竟與自己同名。她渴望能讀到這本小說，但卻無法讀到，作者表示『自己有生之年不想出版』。但她自己的生命也撐不了多久，要撐到作者死後出版根本是不可能的事，再加上最近身體狀況惡化，不斷上醫院求診……

啊，好希望能讀到這部作品！龍膽紅一如果寫不出東西，當然是很可悲的事，不過至少希望能看到他最後的作品，在自己死亡之前讀到。可是，到底是誰阻撓這個願望呢？是龍膽紅一！太不可原諒了。絕不能讓他爲所欲爲。可是，想殺害對方，自己的力氣又做不到，那麼就燒死他算了。」

實在令人無法置信。

「我也是半信半疑，所以才打算請警方調查。」火村先一步開口：「當然，我也有覺悟可能會被人恥笑。」

我回頭，望著早已看不見的老婦人的家。夕陽刺目，似火焰的橘色光芒裡浮現她的臉龐——隔著籬笆望向這邊、滿面皺紋的笑臉。

三個日期

1

因爲妓女阿初和醬油店夥計德兵衛殉情的戲劇而廣爲人知的大阪曾根崎御初天神，其自元祿時代便已存在的天神森林現在已完全不見蹤影。從屈身在滿坑滿谷的飲食攤販間的御天神往東行，刺眼的霓虹燈遽增，到處可見滿足胃袋下方器官之慾望的店家林立，變成供特定用途的住宿設施所充斥的溫柔鄉。

來到這裡終於能夠理解，曾是刑場的此地爲何一直是大阪當地最陰暗角落的原因。包括已成爲地名的大融寺在內，此處散落著超過十間以上的寺院，也顯示其獨特的地靈作用、非尋常性的勢力之強大。

三年前的三月。

兔我野的某家賓館內，有一名女子遭人殺害。被害者是岡山地方的人，是在本地的纖維公司上班的二十五歲上班族，獨自住在豐中的淑女公寓。發現屍體的人是賓館的員工。他說，前一天晚上十點過後，應該和該女子一起投宿的男人，後來卻不見了。因此，警方研判工作認眞、不像會招人怨恨的被害者乃是被偕同投宿的男人勒死於床上。

根據從新聞上獲得的情報推測：這女子若不是分手的談判破裂而被戀人勒死，應該就是與陌生男人發生一夜情，結果發生紛爭而遇害。兇手若是其戀人，一旦警方深入查訪，應該可以順利破案。

並不是我冷漠無情，而是這類事情在大都會裡隨處可見。何況，被害者和我毫無關連，她所任職的也是我聽都沒聽過的公司，舞台背景和登場人物都很普通，絲毫不具備刺激推理作家創作欲的條件，所以我對此事件後來如何發展並不關心，只記得曾看過「從賓館逃走的男人依舊行蹤不明」的報導，也不知道該兇手三年以後仍未被捕。

可是……

世事難料！在意料不到的情況下，我還是與該事件扯上關係。

2

我的朋友裡有一位名叫火村英生的奇特人物，我們從大學至今交往已有十幾年，他與我同樣選擇了與犯罪有關的職業。但是，他並非推理作家，而是在母校京都的私立大學社會學系擔任副教授，教授犯罪社會學。他身爲研究者較獨特的一點就是，他在警界有很多朋友，因此得以親身參與實際的犯罪調查，以臨床方式和罪犯鬥智。火村自己把這種研究方式稱爲實地考察，我則稱他爲「臨床犯罪學家」。每當他有研究現場犯罪的機會時，我總是以「助手」名義陪同在場。

因爲如此，我也認識了不少警方人士。在梅雨暫歇、天氣晴朗無比卻又異常悶熱的某一天，我接到一位森下刑事打來的電話，表示「有事向你請教，可以過去找你嗎？」。正好屋內相當酷熱難耐，我也希望出去走一走。

「既然這樣……如果你方便的話，我們在天王寺碰面。」

從夕陽丘——我住的公寓所在——到天王寺，搭乘地下鐵只有一站的距離。我答應了。

森下還指定：「你知道從市大醫院下了坡道有一家叫『納斯卡』的酒吧吧？現在應該是下午茶時間。」

那家酒吧我去過許多次，當然沒問題。不過我在意的是，他講話的語氣似乎以我知道「納斯卡」爲前提，而且爲什麼要特別指定離天王寺車站稍遠的地方。如果要我出門和他碰面，應該是離我住的公寓愈近愈方便……

「應該就在馬路的北側吧？我大約十五分鐘左右就會到了，你先去等我。可是，爲什麼要在『納斯卡』？」

「詳細情形等見了面再說。事實上，我們在某樁兇惡事件的調查中，碰上了必須請有栖川先生做證的困擾。」

「你說什麼？」我反問。

但是，森下又提出另一個問題：「對了，你有寫日記的習慣嗎？」

「自從高中畢業後，我就沒有寫日記的習慣了，去過什麼地方或和誰見過面之類的，都是記在記事本中。」

「還留著三年前的記事本嗎？」

「是有留下來，不過，那又如何？」

「請帶著記事本。」

我放棄再問「為什麼」了。

「那麼，待會見。火村教授也會一起過去。」

火村會一起過來？說不定他又到大阪進行犯罪實地考察了。雖然不明白怎麼回事，不過事情似乎很有意思，手邊雖然還有工作必須完成，卻已經沒有心情繼續坐在桌前。

我稍微翻了一下工作室的書櫃抽屜，很快就找到了記事本。由於不需要帶其他東西，我把它放進背心口袋，空著雙手走進眩眼的陽光下。

若是平常，我會徒步或騎自行車前往，不過，既然約好十五分鐘後見，為了能準時抵達，我還是搭了地下鐵。在天王寺下車後，爬上地表，朝著新今宮方向走下緩坡，「納斯卡」就在途中一棟大樓的地下樓層。

可能因為正值下午二點半，店內連一位客人也沒有。因為年輕老闆還記得不算常客的我，所以彼此寒暄了幾句之後，我在內側角落的座位坐下。

若認為這裡是沒有其他客人、昏暗陰森的酒吧的話，那就大錯特錯了。雖然是大樓的地下樓層，內側卻開了一扇大窗，初夏明亮的陽光照進整間店內。這是因爲，大樓的北側被挖空，其底部供ＪＲ環狀線經過，因此隨時能見到電車頻繁往來。挖空部分的對面可以見到天王寺公園的綠地和動物園的大鳥籠，坐在這裡悠然眺望軌道風景乃是一大樂事。更何況，我從孩提時代起就最喜歡看電車行駛。

但是，這種景觀並不是這家酒吧的賣點，店內最自豪的是前任老闆從國外各地搜購回來的一些具有特殊風格的擺飾物品，以及無數在異國拍攝的照片。他並不只是將珍奇物品隨意擺放，而是將這些東西依主題排列。最能顯示這個主題爲何的，應該就是東邊牆上裝飾成排的照片和店名。照片上是存在於秘魯納斯卡高原地面上的巨大圖畫——有猿、鳥、蜘蛛、指向正確方位筆直延伸的平行線等等。由於該處附近並沒有高山，又是在沒有飛機、無人能俯瞰的時代完成的巨大謎樣圖畫，所以很多人認爲那是遠古時代的地球人向來訪的外星人傳遞的訊息，或是ＵＦＯ使用的跑道。

牆壁上的這些照片聽說是前任老闆搭乘西斯納輕型觀光飛機、用十五年來愛用的照相機從空中拍攝，成本絕對不低。

另外，店內其他引人注目的是馬雅、安地斯、印加的神殿或金字塔的照片，亦即，從中美洲至南美洲的所有古代謎樣遺跡深深吸引了前任老闆。

我覺得他的興趣既有意思，也令人羨慕。

即使這樣，我還是不敢抬頭挺胸說自己是這家酒吧的常客，因爲有一個會讓我產生心理壓力而無法經常前來的原因；不是飲料很難入喉，也不是服務生態度差勁，而是在裝飾於櫃檯上的幾張紙卡的其中一張。是誰的紙卡呢？不是別人，正是我自己寫的。

實在是很丟臉！如果只是寫紙卡還好，寫完卻還公開在大衆面前，眞的太丟臉了。或許有人會說「既然怕丟臉就不要寫啊」，但其中另有理由，這也是無可奈何的。只不過，那造成了自我意識過剩的我的心理負擔，因此儘管很欣賞這家酒吧，除非在很想念的時候，不然我不會過來這裡。

……咦？

隨便瞄了一眼，發現幾個月前過來時仍掛著的我寫的紙卡不見了。難道有人看好它百年後會身價千倍，因此偷走了它？怎麼可能！一定是被丟掉了。但其他的紙卡好像也不見了……

我沒有勇氣詢問送咖啡過來的老闆「紙卡怎麼了」，只是益覺坐立不安。

正看著手錶，想著時間應該差不多了的時候，我聽到開門的聲音。

好像是森下刑事和火村副教授到了，聲音逐漸接近。

「這就是畫在納斯卡高原上的圖畫？火村教授，那到底是畫給誰看的呢？」

「大概是神吧？」

「啊……是嗎？」

每個第一次見到身穿亞曼尼西裝的森下刑事的人，幾乎都無法想像他就是大阪府警局的刑事吧！雖然是刑事，也可能會有人喜愛義大利名牌西裝，但這畢竟與一般人認知中的眼神凌厲、不修邊幅的印象有著太大的差距，所以自然會認爲他是努力工作、重視玩樂、追求時尙的單身貴族。並不是因爲他剛調派至調查一課不久、還未養成刑事作風，而是他原本就是這樣的個性。聽說老一輩的刑事中，原本有人對他並不欣賞，可是後來也對如願進入調查一課的他之熱心工作態度所折服。

「對不起，在百忙之中找你出來。」積極熱心的刑事說。「不過，事情發展實在令人訝異，我們請火村教授幫忙調查且正值關鍵時，卻突然出現有栖川先生的大名。」

「你的責任重大。」火村指著我胸口，威嚇似地說。

犯罪學家身穿白色外套搭黑色薄襯衫，細瘦的脖子上繫著鬆垮垮的領帶，還沒點飲料，馬上就叼著駱駝牌香菸開始吞雲吐霧。

「責任重大嗎？開場白既然說完了，就請進入正題吧！」

森下上半身微向前挪：「三年前的三月二十二日晚上，你人在哪裡？」

3

突然被這麼問，當然不可能馬上回答得出來。

「記不得了。」

「我想也是。像我連昨天晚飯吃了些什麼也想不起來了。」森下微笑說。

雖然這應該不是心情愉快、讓人微笑的場合……

「難道我在三年前的三月二十二日吃什麼樣的晚餐和某椿事件有關連？」

他的回答居然是「不錯」兩字。

「一九九二年，也就是平成四年三月二十二日，當天是星期日。」

「一旦獨自一人在房裡寫小說，我就完全沒有今天是星期幾的概念。」我邊說邊從口袋裡掏出舊記事本。

不管怎麼苦苦思索，應該也是想不起來的，所以森下才會在電話中要我攜帶能代替日記之物。

「請等一下。」我翻開到該日期的頁面，「找到了。」

那天的記述極爲簡單。

送還金絲雀。

「怎麼樣？」

我將記事本遞給湊過臉來的森下。

火村也低頭看著。

「這是表示送還鄰居外出旅行時寄養的金絲雀。這種事是常有的。」

「是嗎？」他的表情裡有明顯的失望，苦惱地對火村說：「只憑這樣無法知道當天的行動吧？」我按捺不住了：「雖然你們說了些什麼調查兇惡的犯罪事件或責任重大之類的話，但是，究竟是什麼樣的事件？與我又有何關連？請你們說明清楚。」

火村叼著香菸，以手勢朝森下示意，似在說：請！

刑事用力頷首，簡單扼要地開始說明：「上個星期，也就是六月十一日，一位名叫錦本文彌的男人因爲涉嫌傷害罪被捕。嫌犯錦本是三十七歲的單身上班族，也是電話交友的愛好者，雖然不知道成功率有多少，但卻經常與電話中認識的女性玩冒險遊戲。當然，若是雙方你情我願，也輪不到警方出面干涉，問題在於，他好像有個令人困擾的性癖好。」

「你的意思應該是性虐待吧？」

「沒錯，就是常見的在做愛之時勒緊女性脖子的嗜好。」

我心想，這應該不常見吧？不過卻忍住不打斷對方的話。

「電話交談中若出現感覺對味的對象，錦本會決定時間和地點約女性見面、前往賓館，然後在興奮的高峰勒住女方脖子。雖然很恐怖，但若只是這樣還不用警方出面，問題是，他有時會忘記控制下手力道的輕重。

現在已經確定的就有兩次失手的紀錄。一次是去年十月在櫻之宮飯店，因爲未放鬆力道，導致對方窒息、意識昏迷後逃走，如果不是該女子恢復意識之後打１１０報案，這件事將永遠不爲人所知。

第二次則是今年六月十一日，地點在生玉的飯店。雖然不值得同情，不過以他的立場來看，是他找錯了對象。對方是一心想當健身教練的女性，所以在被他勒住脖子時，對方隨即大叫『幹甚麼』，並一把將他推開，他抱起衣服倉惶逃走時，在飯店走廊被員工抓住。眞是醜態盡出，對吧？」

「沒錯。」

刑事慌忙喝了半杯咖啡，再度開口：「南警局的刑事很快就趕抵現場，依傷害罪的現行犯將他逮捕。警方認定這傢伙應該還有犯下其他罪行，深入調查之後，首先查出去年十月的案件。現場留下的指紋與他的一致，被害者也出面指證是他沒錯，所以他本人只好俯首認罪。但是，緊接著又發現他涉嫌更重大的事件，而且是殺人事件。」

「哈哈，殺人事件不會正好發生在三年前的三月二十二日吧？」

「正是。嫌犯好像是在大阪的各賓館巡視似的……命案地點是兔我野的賓館，被害者為岬友美，女性上班族。雖然該命案已證實是一同投宿的男性所爲，但是該男性似乎是路上偶遇的對象，無法查明身分，最後專案小組總部解散，事件明顯地陷入膠著。當然，如果當時能逮捕兇手，後來也不會有女性再受害。」

那是報紙社會版隨處可見的事件。

「確定三年前殺害女性上班族事件的兇手是錦本嗎？」

「這名被害者已不幸死亡，因此無法當面指證。不過兇手當時似乎相當狼狽，現場留下許多忘記拭掉的指紋，而這些指紋跟錦本的指紋完全一致。他雖然辯稱那是前一天和風塵女郎投宿時所留下，不過根據賓館方面的證詞，在已打掃過、應該不可能留下指紋的地方也驗出指紋，所以他是兇手的可能性極大，亦即，傷害致死的嫌疑非常濃厚。」

如果指紋一致，那就是無可動搖的鐵証了。但是，森下的話好像另有深意，以傷害致死的罪名將他逮捕似乎仍留有疑點。——話說回來，到底什麼時候才要說出我與事件的關係呢？就在我這樣想的時候，事態突然急轉直下。

「有栖川先生認識錦本文彌。」

肯定的口氣讓我大吃一驚。

「我不認識那種傢伙！在我的交友圈裡，只有像火村教授這樣的紳士。」

森下的嘴唇蠕動著，似乎想說什麼，卻因爲火村本人在身旁，又硬生生嚥了下去。

「是的，這點我當然知道，不過，有栖川先生應該曾與對方見過面，至少曾一起拍照。」

「什麼？」原來是這麼回事：「是路過時被對方的相機拍到或什麼的吧？」

「差不多是如此。」森下說著，伸手探入背包：「可是，並非出現在照片的背景中，而是與錦本並肩面對鏡頭微笑。」

他把一張照片放在桌上，推到我面前。

照片上有四個人，其中一人的確是我。拍攝的地點就在這家「納斯卡」，照片的右下角印有日期

〈92・3・22〉。

森下指著站在我左後方的戴眼鏡男人：「他就是錦本文彌。」

我模模糊糊地想起來了。

4

凝視著照片時，我興起無限的感慨，感慨所謂的人類只是不知明天會如何的渺小存在。因爲，照片上的四個人裡，已有兩人不在這個世上。

背向櫃檯而坐的兩人中，左邊是我，右邊則是我的同行赤星樂。他微瞇著細長的雙眼皮，浮現愉快的微笑。和我同齡的他被捲入去年五月發生的某椿事件而不幸死亡。

站在我左後方的錦本文彌涉及對女性施暴的事件，似乎還活得神采奕奕，但，站在赤星斜後方、這家店的前任老闆，卻在前年出國旅遊時於哥倫比亞出車禍死亡。肩膀寬闊、身材壯碩的老闆露出牙齒笑著，他那厚唇酷似掛在櫃檯內之月曆上的奧爾梅克巨石人頭。

「赤星先生和別所先生已經去世。」森下說。

別所就是前一任的老闆。

「沒錯。附加一點，拍攝這張照片的別所夫人也和她丈夫一起過世了。」話一說出口，我忽然想到，這眞是一張不祥的照片。

別所夫妻是一對令人羨慕的恩愛夫妻，那年正月，兩人一同前往墨西哥旅遊。

「事情說明到此，有栖川先生應該已經明白我要請你幫甚麼忙了吧？。這張照片是錦本文彌拿給警方的，他雖然認了前述兩椿傷害事件，卻以這個作爲不在場證明，堅持自己與三年前三月二十二日的岬友美之死亡毫無關連。」

「不在場證明的證人就是我？眞糟糕哪！」

「沒什麼好糟糕的。」火村淡淡說道：「你只要照記憶作證就行。」

森下也以熱切的聲音催促我：「赤星先生和別所夫妻皆已離開這個世間，證人只剩下有栖川先生了。錦本所說的是事實嗎？」

我眞想嘆氣：「確實是有拍過這樣的照片，不過我記不得日期。既然上面有〈92・3・22〉，應該就是在這一天拍的吧……」

「我想也是。」森下和火村互換含有深意的眼神，不過並無失望之色。然後又在背包內摸索著，取出某樣東西。「那麼，這個呢？」

他遞出的是我和赤星所寫的紙卡。沒錯，就是我剛才發現從櫃檯消失而覺得可疑的那兩張紙卡。意料之外的東西連續出現讓我有點困惑。

「本來裝飾在店內，是我向老闆借的。」

我和站在櫃檯內的老闆視線交會。老闆點點頭，彷彿是說：就是這樣。

「有栖川先生和赤星先生寫的紙卡是眞的嗎？」

「沒什麼好假造的吧？我確定這是我自己寫的東西。赤星的也是眞的，我們一起在這裡寫的。」

「和剛才的照片同時？」

我頷首。我和赤星只在這裡見過一次面。

「這樣一來，錦本文彌的不在場證明就傾向成立了。」森下自言自語似地說。

因爲，兩張紙卡上面的日期都寫著〈92．3．22〉。

「不太可能兩人都搞錯吧？那麼，這兩張紙卡與照片的日期都證明了錦本的不在場證明成立。」

我因爲無法幫上忙而覺得抱歉，但是，既然照片和紙卡皆如此，我也只能說是三月二十二日了。

「拍這種照片，又無緣無故地寫了紙卡，當時到底是什麼情形？」火村揶揄似地說。

照理說，他們應該問過了其中經過才是，不過，可能是不相信錦本的話吧！

森下好像放棄了。

「那天傍晚，赤星打了通電話給我。當時我因爲被截稿日期所逼，一大早起就持續敲打著電腦，正想稍微休息一下。他說『我來大阪蒐集資料，目前人在阿倍野附近，離你那邊應該很近，方便的話就出來見個面吧』，於是我們約在車站前會合，帶他到我曾來過的這家酒吧，因爲來這兒還能用餐。想不到老闆一開口竟說『這不是作家赤星先生嗎』。老闆好像是赤星的書迷，讀過他全部的作品。」

因爲赤星寫的推理小說總是由身爲考古學家的名偵探登場，多以解析古代史的謎團爲主，這點剛好與「納斯卡」老闆的嗜好一致。老闆大喜之下，希望赤星能寫張紙卡作爲光臨「納斯卡的紀念」。

「有栖川老師不是以前就來過嗎？」

火村的話正好刺到我的痛處，讓我不是很愉快，但仍得繼續說明。

「老闆根本不知道我是什麼人。赤星替我覺得悲哀，所以對老闆介紹說『他也是推理作家，筆名是有栖川有栖，就住這附近』。老闆也只好說『是嗎？那請這位也寫紙卡吧』。」

「老闆還眞可憐！」火村感慨地說。

「同情一下我吧！」

森下不理會我們的對話，仍舊一臉嚴肅。「那麼，店裡有紙卡嗎？」

「沒有哪一家店會刻意準備紙卡的。所以老闆叫他太太『快去買兩張紙卡』。當時應該是七點過後吧？」

「七點過後嗎？」森下記下來：「這麼說，當你們正在寫紙卡時，錦本來了？」

我漸漸想起來了。沒錯，錦本來了，他似乎是常客，語氣輕鬆地問老闆「咦，怎麼回事？客人是名人嗎？」。他連赤星和我的名字都沒聽過，卻裝熟說「嘿，這可眞是難得」。

「我雖然不太情願，但又想到如果拒絕會讓人太難堪，所以就寫了紙卡。這時，老闆拿出相機，表示想一起拍張紀念照，因此我也一起入鏡。是老闆娘按下快門的。當時，愛湊熱鬧的錦本也跟我們一起合照。」

「相機是別所先生的？」

「不錯，是很舊型的相機。而且是由別所夫人幫我們拍照，那個叫錦本什麼的傢伙不可能有動手腳的餘地。」我一面反省自己的語氣似乎在不知不覺間變粗俗了，一面問森下：「免我野賓館事件的行兇時刻是什麼時候？」

「被害者與疑似兇手的男人是在晚上九點登記住宿。你記得錦本在這裡待到什麼時候嗎？」

「我記不太清楚，但是，應該是九點過後吧！你看……」我指著桌上的照片。剛剛看到時就注意到了，照片右上角有拍到牆壁的掛鐘，指針指著八點五十分。

「這裡還有證據。雖然這個時鐘有可能不準確，但就算這樣，相差也不會太多，所以，九點在梅田附近的賓館登記住宿的應該是別人。」

沉默了一段時間的火村挺起靠在椅背上的身體：「關於時間方面沒問題嗎？這麼一來，值得在意的還是日期了。先別管照片上的日期，請你再查一遍記事本，確定紙卡上的日期是否有錯。」

我雖然認爲這是白費工夫，但爲求愼重起見，仍再度翻開記事本。因爲記載於當天的內容還是一樣，所以著眼於其前後，但是，那一段時間似乎持續著極端平凡無變化的日子，二十日（星期五）和二十一日（星期六）是空白，二十三日（星期一）則爲「急忙ＦＡＸ給片桐，可惡」。

「片桐是我也認識的珀友社的片桐吧！這個傳眞沒什麼特別的地方嗎？」倒著看記事本的火村好

像看著同一位置問道。

「傳眞稿件給編輯是很尋常的事，當然，每次都是急急忙忙的。」

「最後加上的『可惡』是怎麼回事？」

「大概是對方要求『希望星期一傍晚前能看到稿子』吧？所以我才會氣憤地說『哼，自己休假期間居然還要別人工作』。」

當然，彼此氣憤的理由完全不同。編輯的立場絕對是「哼，反正作家平時總是拖拖拉拉，不可能在星期六前完稿，如果不要求星期一交稿，根本就來不及」。

火村開口：「那是因爲作家一向拖拖拉拉的吧！」

「沒錯，我自己比誰都更清楚……咦？」

我說到一半忽然見到十八日的記載。

片桐來了FAX。要我必須在他於塞班游泳期間完稿。

「你看，就是這個。自己出國旅遊，怎麼說也該給點人情吧！這一年的三月二十日星期五是春分放假，他星期四請假，剛好有四天的連休。」

「可是，正因爲編輯星期四請假，截稿日期才能延到星期一吧？」森下刑事指出重點。

我只好結巴地回答：「也……對。」

刑事一臉若無其事地拿起剛剛的照片：「桌上好像放著某種藍色雞尾酒呢！有栖川先生，你要不要現在喝喝看嗎？搞不好可以因此喚醒記憶喔。」

我笑著說：「別耍笨了。」

火村接著說：「沒什麼笨不笨的。記憶本身就有狀況倚賴性，當然能藉著重現該事件當時的狀況來喚起過去的記憶，這也稱爲普魯斯特效果。你讀過馬賽爾・普魯斯特（註：Marcel Proust，法國意識流小說家，1871～1922）的《追憶似水年華》吧？」

眞是令人生氣的問題。難道我會去讀那種以冗長和無趣聞名的小說嗎？不過，也沒有什麼好生氣的，我雖然沒讀過，至少還知道故事開頭是主角嗅著瑪德蓮蛋糕的味道，說「啊，這和那天是相同的味道」，進而沉緬於漫長回憶中。

「以喝藍色雞尾酒代替嗅聞海綿蛋糕，這應該也是一種辦法吧？……咦？」

副教授從森下手中搶過照片看著的神情改變了，話聲突然中斷，臉孔貼近照片。

「這回輪到火村教授又怎麼了嗎？」森下說。

火村聽若罔聞，凝視著照片。不久，他將照片丟在桌上，食指摸著嘴唇，開始喃喃自語，似乎已有所發現。

5

「有栖，這張照片眞的是三年前拍的嗎？」

還要確認這麼基本的東西嗎？如果發現年份不對或另有疑問，何不直接說出？

「是一九九二年的照片沒錯吧？原來……」

火村好像想到了什麼事，不過因爲他低聲喃喃唸著，森下和我都無法掌握住問話的最佳時機。

副教授凝視著照片和兩張紙卡，輕輕頷首。

「別所的舊型相機應該無法分辨閏年吧！」

「閏年？」森下反問。

「一九九二年是閏年。如果別所的相機是老舊到無法分辨的機種，那麼日期在進入三月時就會出現一天的誤差，二月二十九日變成三月一日，照片上的〈92．3．22〉實際上卻是三月二十一日。」

沉吟片刻，森下點點頭：「是有可能。如果能確定別所使用的相機機種……不，相機若還留著，也許可以確定日期是否有誤差。但是，還有紙卡日期的問題。」

「這個嘛……」火村豎起食指：「先寫紙卡的人或許不是赤星，而是你？」

雖然無法理解火村憑何種根據如此推測，但是我仍努力回憶。不過還是找不出答案，於是反問：

「你爲什麼會有這種想法？」

「我是認爲，莽撞的你先是在紙卡上寫下錯誤日期，隨後拿起筆來的赤星因爲認定你寫的日期而犯下同樣的錯誤。」

這實在是非常瞧不起人的假設。我覺得好像被陷害般，一點都不高興。

「至少，你在寫上日期時一定有過『今天是幾號』的迷惑吧？因爲你過的是如鼴鼠般的生活，始終無法確定日期和星期幾。」

「這……」

「你看你寫的紙卡的日期部分，雖然是〈92．3．22〉，可是3後面的點卻稍呈不自然的又濃又大，這表示你停下來思索『今天是幾號呢』，對不對？」

火村正面凝視著我，讓我產生自己是罪犯、正在接受偵訊的錯覺。雖然明知這是誘導式訊問，我仍用力頷首。記憶完全甦醒了！

——請先動筆，我會比較花時間。

赤星說著，把筆遞給我。沒錯，是我先動筆。

——我一向沒什麼座右銘，就寫自己的姓名好了。

我對老闆說著，拔開筆蓋，寫上有栖川有栖幾個字。

——嗯，是三月……

寫上日期時或許有點困惑，不，一直都是這樣的。

突然，火村遞給我鋼筆。

「你試著在這裡簽名。」他把我的紙卡翻面：「在這裡。」

我本來想問，能弄髒可能會呈上法庭的物證背面嗎？卻又在他催促的語氣下，迅速簽了名。

簽好後，火村又說：「也寫下日期。」

——請寫下日期。

火村的聲音和已故老闆的聲音重疊。

「今天是……」

我抬起頭，望向櫃檯。因爲，我知道那裡掛著月曆。

「是要看月曆嗎？」火村迫不及待似地問。很奇怪，他的聲音裡透著喜色。

「沒錯。那又如何？」

「三年前的那天晚上，在紙卡上塡寫日期之前，你也看過月曆吧？」

——也要寫上日期嗎？嗯，今天是幾號？

我看著桌上的照片。櫃檯內確實掛著月曆，月曆上是奧爾梅克遺跡的巨大石像照片，和這家店的氣氛非常相襯。

「看過了嗎？」

「看了。」

火村彷彿心滿意足。

「那究竟是怎麼回事？」森下似乎忍不住了，開口問道。

我也想問同樣的話：爲了確定日期而瞄了月曆一眼又如何？

「一般人應該會知道今天是星期幾，然後看月曆確定幾號，但是連星期幾也迷迷糊糊的有栖川作家的情形又是如何……」他停頓了，似乎不想親口說出來。

「因爲不知道到底是星期幾，所以只剩一個線索，那天……」

——昨天是節日。

「沒錯，是春分的翌日。」火村吹起口哨。

這似乎是他所期望的回答。

「根據你用來代替日記的記事本上顯示，春分當天是二十日，所以在這兒被要求寫紙卡乃是二十一日，對吧？」

是這樣沒錯，但……

「若是春分的翌日，那就是二十一日，錦本文彌的不在場證明已經被推翻了。」森下大聲說。

火村朝著腦袋混亂的我說：「即使這樣，你看了月曆後卻寫上二十二日。不過，你沒必要因爲這樣就失去那天並非春分翌日的自信，畢竟，錯誤的原因在於月曆。」

他從放在菸灰缸旁的火柴盒裡取出一根火柴棒，用棒尖指著照片中的一點。是櫃檯內月曆上的數字——紅色的21。

「眞是繞了一大圈啊！我也是剛剛才注意到，明明春分是二十日，但紅色的數字卻是二十一，這一定讓你很困惑吧！事實上，春分和秋分的日期乃是依當年的節氣而變動，你會搞錯也沒什麼好奇怪的。」

雖然沒有必要安慰我，可是，我還是摸不著頭緒。

「這麼說，難道這不是一九九二年的月曆？」森下好像和我想著相同的事情。

火村搖搖頭：「不，這上面能清楚見到１９９２，應該是該年的月曆沒錯。如此一來，究竟是怎麼回事呢？能想到的情況就只有印刷錯誤了，而且老闆也沒發現到並繼續使用。」

沒錯，的確有可能出現這種錯誤。

「這樣的話，就要找印製月曆的廠商求證了。只要問遍印製月曆的廠商，一定可以查出來的。」

我還是有點懷疑：事情眞的就這樣順利解決了嗎？

不過森下好像很滿意，火村也是一副大功告成的姿態，再度點燃香菸。

「錦本文彌是殺害岬友美的兇手，既然已有指紋爲物證，應該殆無疑慮，就算他堅持自己有不在場證明，但由於當天他自己也沒想到會殺死該女子，所以不可能事先僞造不在場證明，對吧？」

那是當然。

「因爲與被害者是萍水相逢的關係，他一定以爲這件命案已陷入膠著，問題是，他無法改變自己的惡習，結果才會被警方抓住狐狸尾巴。他非常焦急，心想，事情糟糕了，殺人的罪行已被發現，拚命埋頭苦思之餘，終於想起一件事，亦即，殺人的前一天曾在『納斯卡』和兩位作家拍紀念照，而當時拿去裝飾店面的紙卡與照片上的日期，不知何故，竟有著一天的誤差。他認爲能好好利用這點，因爲，除了他自己以外，當時在場的四個人中已有三人死亡，剩下的那個人應該也不會記得。」

「不，正因爲這樣才能推翻那傢伙的不在場證明，讓他再也無法狡賴。謝謝你，有栖川先生。」

森下臉上浮現開朗的笑容。

但是……

6

兩天後，火村以不太好意思的聲音打電話來，表示別所的家人把他愛用的相機當成紀念品保管，所以能確認上面的日期確實有著與期待相同的誤差。這當然是個好消息，不過三年前掛在「納斯卡」櫃檯內的月曆經調查後，發現並沒有印刷錯誤。

這樣一來，我看月曆時不就沒搞錯了？

「不，還是搞錯了，因爲，那並不是日本印製的月曆。」

他的聲音滿含苦澀。

我在腦海裡描繪著奧爾梅克的巨石臉孔，終於明白了一切。別所夫妻正月出國旅遊，所以在國外買了新的一年的月曆——最適合裝飾在店內的月曆。

「莫非那是墨西哥印製的東西？」

「沒錯，你猜對了。」

難怪未深入調查之下，連火村也會搞錯。

三月二十一日，那是被稱爲墨西哥現代化之父、最受尊敬的卸任總統貝尼特・赫拉雷斯（註：Benito Juarez，1806～1872）的誕辰紀念日。

完美的遺書

1

我沒打算殺死她的。

眞的，我也想不到事情會演變成這樣。拜託，請相信我。

但是，我應該向誰解釋呢？不知道。向神嗎？向可能即將到來的刑事，抑或向已經停止呼吸、躺在我腳邊的阿忍？我連這點都不知道。

不應該有絲毫企圖殺害她的念頭的，因爲，我深愛著阿忍。我本來決定，只要她有任何危險，就算是犧牲我的性命都要保護她，但，爲什麼會變成這樣？

啊，阿忍，妳一定很難過吧？

原諒我！

不要用那種滿含怨恨的眼神看著我！妳是想詛咒我嗎？不要這樣，我不打算殺妳的，我由衷期盼能在彼此互相瞭解之下，攜手共度幸福的日子。

可是……

阿忍。

妳卻拒絕了我。就像想驅逐攀附在身上的可怕爬蟲一般，扭動全身想躲開我。這樣的打擊未免太過殘酷了，就算是作品賣不了幾個錢的我，還是有男人的尊嚴的，也有著幾分類似妳的自傲，當然血氣會上衝，如此一來，理智自然消失，身體擅自行動。這樣，又豈能說完全是我的錯？

妳也有責任的。妳沒注意到自己對我的不瞭解超越了極限，這是妳的錯，所以，請不要再用那樣的眼神看著我。

不要這樣。

我蹲下來，用手將阿忍圓睜的雙眼眼瞼闔上，同時祈禱她安祥地長眠。

我在廉價沙發坐下，努力讓自己平靜下來，同時試著輕輕深呼吸，期待恢復冷靜。

萩原冬樹，鎮定些。

已是覆水難收了，別再爲濺出來的牛奶哭泣，必須接受自己已做出無法挽回之事的事實，好好集中智慧思考接下來該怎麼做，因爲，畢竟已經殺了人！若照這樣下去，可能要在監獄裡頭蹲上好幾年，自己可以忍受嗎？不，好像沒辦法。如果必須飽嚐那種心酸和屈辱，還不如乾脆就這樣死掉算了。

那麼，要逃嗎？不，那也是很痛苦的事情，恐懼著隨時可能會被警察逮捕的生活絕不是自己這種神經纖弱的人所能承受，何況，過著逃亡生活等於整個人已死掉一半。

我望著躺在地毯上、頸項勒著民族風領巾的阿忍。雖是自己所爲，仍覺得太過殘忍。

沒錯，確實是我不好，這點我承認。但是，妳對我太過冷淡了，這樣算是扯平了吧！阿忍，妳不覺得到死爲止還折磨著我非常不公平嗎？

——你騙我，永井先生沒來呀！我本來就覺得有問題，他不可能會來你家的。

爲了永井和巳沒來，妳馬上就發起脾氣，表情變得無比恐怖。化妝得那麼漂亮的臉龐爲何能浮現如此醜惡的表情呢？我完全愣住了。我沒打算欺騙妳，只是認爲，若說永井來我家，妳應該會過來罷了，有時候，說謊也是一種權宜之計，不是嗎？我只是希望和妳好好地談一談。

可是，阿忍。

妳……

妳……

——留在這種地方根本沒用，我要回去了。

居然說「這種地方」。在擁有雙親留下的豪華別墅、家財萬貫的妳眼中，這裡或許狹窄、鄙陋，但是嘴角扭曲、恨恨地說著「這種地方」？我眞的不能忍受。

——幹嘛，爲什麼你要生氣？讓開，我要回家。

我極力發揮自己的耐性，靜靜說：我希望和妳談談。

妳完全沒想到這是何等難得的機會，反而開始對我破口大罵，講出來的淨是我不願回想的無情字眼。我憤怒之餘，眼前一片鮮紅，神智霎時遠去，在半朦朧之間，連用領巾勒住妳頸項的手是眞是假都不知道，等意識到自己正企圖殺害心愛的女人而放鬆力道時，已經太遲了。

嘩啦！

阿忍的身體倒下時發出的聲響殘留在耳中。

嘩啦！

精神快要錯亂了，保持冷靜！

若是讓精神持續混亂，在前面等待自己的將只有幻滅，怎麼可以讓這樣一件小小的意外將自己的人生三振出局？

絕對會有辦法的！我是個腦筋非常靈活的男人，不是嗎？就算其他傢伙慌張狼狽、尖叫恐懼，我應該也可以找出解決策略的，那才是我。

爲了解渴，我到廚房連喝了兩杯水，再倒了第三杯拿在手上，回到阿忍的屍體所在的起居室沙發上。就算又哭又叫，屍體也不可能自動消失，只能靠自己收拾善後。一想到這樣，我的情緒便冷靜下來，腦細胞也逐漸開始活動。

無論如何都必須把屍體搬離這裡！雖然搬離之後棄置何處還是個問題，但是……何不送去她的別墅？她不是說過接下來要去別墅寫稿兩天嗎？或許她也告訴過什麼人。就讓她死在那邊吧！兩年前她曾邀我去過別墅一次，我有自信很快就能找到。

將屍體搬運到別墅是不錯的點子，不過，要假裝是被搶而遭勒斃嗎？這樣有些不太自然。若要搶別墅，還不如趁她不在家時去闖空門，何況，她的別墅並不是在輕井澤之類的富商聚集處，而是在木曾福島的僻靜地方，怎麼想皆不符合會被闖空門或搶劫的印象。

那麼，就放棄千里迢迢前往木曾，隨便丟棄在北山的山中算了？

且慢，搬運到別墅，讓她在裡邊上吊自殺如何？將她殺僞裝成自殺相當不容易，但若順利完成，馬上能擺脫危機，也不必受到刑事糾纏，最大的吸引力就是，一開始時得費盡心思，完成後則樂得輕鬆。無法僞裝成爲自殺嗎？

我稍微喝一口水，思索著。

把阿忍的屍體搬運到別墅，並吊在樑上或什麼地方。她的體重很輕，進行起來應該很簡單，如果隨便找條繩子或電線吊著，當然很快會被揭穿，不過，利用眼前勒在她脖子上的領巾，應該什麼問題都沒有。

必須著重的地方在於，她是否有自殺的動機？關於這點，我認爲不需過於擔心。她最近的精神狀況相當差，對此，所有人應該都意見一致。她本來就被公認爲情緒不安、具有躁鬱症傾向，也不定期接受精神科醫師診治。依她死前所言，自從前些日子以來，就連續遇到誘發躁鬱症的諸項不順，首先，她花了一年時間完成的某宗教團體的採訪報告竟被其他作家搶先發表；另外，永井和巳雖然依言與妻子分居，可是不僅不打算分手，還有準備和妻子復合的跡象。有這兩件事加在一起，警方應該也會推測事態相當嚴重。

結論：動機沒有問題。

但是，僞裝成自殺的話，就存在著遺書問題。來別墅本來是打算寫稿，卻突然受到強烈的厭世感所襲，衝動地用領巾上吊。雖然是不錯的情節，不過，對一般人來說，要離開這個世間時，應該都會留下遺書吧？更何況是以寫作爲職業的女人。

「遺書嗎？」

我喃喃自語，望著阿忍放在牆邊的皮包。

——這個很重呢！裡面放著文書處理機。

她剛才進來時這麼說過。

寫作之人身旁有文書處理機卻未寫遺書而自殺總是令人不解，也會讓人生疑。該如何是好呢？只要隨便捏造就可以。

編造出理所當然的理由放在屍體旁。我同樣也是靠寫作爲生的人！她就曾說我是「寫作鬼才」，那我就好好活用吧！我和她有多次書信往返，能某種程度地掌握她的文筆習性，即使有一些不妥之處，畢竟是尋死前所寫的東西，大概不會啓人疑竇才是，這的確可以試試看。

最幸運的是，她一向愛用的小型文書處理機就在眼前，不用再多花時間找尋同樣機種，而且，在自殺現場放置這台文書處理機，一切都可輕易解決。

但是……

完全利用文書處理機打出來的遺書能具有多少眞實性呢？我有些猶豫不決了。不過，在現今這個時代，或許絕大部分自殺者的遺書也都是用文書處理機打的，但，就算是這樣，如果警方有一點點懷疑是他殺，毫無手寫內容的遺書反而會招徠疑惑。在這種情況下露出破綻未免太糗了。

話雖如此，若模仿阿忍的筆跡，警方只要一經鑑定絕對會立刻被拆穿。我雖能模仿他人的文筆，卻還無法模仿他人的筆跡。

當我正在思索至少也必須有最後的親筆簽名時，忽然想到——有呀，我還留著她寄來的信。內文雖是用打字的，壽壽木忍卻是親筆簽名。她寫信時總有這樣的習慣，遺書也用相同方式應該沒什麼好奇怪的，而且……

對了，剛好有一封適合的信！

2

我前往工作室，翻找丟在資料櫃最下層的郵件。阿忍寄來的四封信是另外用橡皮圈束住，馬上就找到了。我將桌上亂七八糟的資料、書籍和影印紙張推到兩端，然後坐下，以戴上手套的手從信封內取出信箋，依序檢查四封信的內容。前面三封果然不能用，但是，她寫給我的最後一封信——第四封信，卻如我所料想的正好可以利用。

那是令人覺得可悲、宣布斷絕交往的內容，完全是單方面的決定，不讓我有任何解釋機會。

已經結束了，我沒什麼話好寫了，請你過你自己的人生吧！

祝你幸福。

而且，永遠再見。

壽壽木忍

接到這封信時的衝擊、悲嘆、憤怒甦醒了，心裡極度不快。但，現在不是探討那種感情的時候。果然能用。

我非常高興。內容比我所想的更完美，最重要是，阿忍那獨特的簽名與內容合爲一體。這封信是阿忍特地寫給我的，除了我以外，不可能會有其他人知道。這實在太完美了！

不過，並非一切皆已解決。這封信能合用是件好事，卻無法只靠它，因爲，它予人一種長篇內文之結尾的印象，還有，訴說對象不明也是個問題，需要靠自己的鬼才塡補上前面的部分。

但是，這樣一來就得面對信箋的困擾。阿忍自從成爲報導文學作家之後，就印製了獨特的信箋，雖然不是使用和紙，卻是有著相似觸感和風格的特殊用紙，上面有松葉色的線條，左下角則印上自己名字的羅馬拼音SINOBO◆SUZUKI，目的在給予對方強烈印象，使之能夠很快記住自己，現在我手邊的信件全是使用這種信箋。如果要利用最後一封信，前面的僞造部分也必須使用相同信箋，否則連三歲孩童都會懷疑遺書的眞實性。

「又不可能去她家拿。」

只要搜索已成爲屍體的阿忍身上，應該可以找到她家的鑰匙。如果她家也一樣在京都市內，要偷偷潛入竊取當然很簡單，可是在東京就毫無可能了。

手中好不容易有親筆簽名的遺書……我覺得很遺憾，看著其他信件時，忽然輕呼出聲。

「這……太好啦！」

阿忍寄來的信通常很短。對她來說，我不過是曾在同一雜誌上爲一篇追蹤報導合作了約三個月、被邀至她的別墅洽談工作事宜，此後卻只是一直對她死纏爛打的男人，所以每封信都只寫了拒絕我的示愛的字眼，內容極短，幾乎只要一張信箋就夠了，第二張完全空白。這是因爲她嚴守寫信的禮儀，深怕只有一張信箋太過沒禮貌，不得已附上另一張空白信箋。

不過，這樣卻轉變爲對我有利的情勢，根本沒必要飛往東京了，我家就已經有空白的信箋。

我試著檢查其他信件。四封信中，有兩封都是一張有寫內容，第二張則是空白，亦即，我手邊有兩張特製的空白信箋。一想到這是因爲阿忍生前對我冷漠而得來的信箋，竟覺無比諷刺！

這是一齣喜劇！在難得一見的邪惡喜劇舞台上，我扮演著跑龍套的角色。

但是，一旦發現死因是遭人勒殺，遺書上又留有我的指紋，立刻就會露出馬腳，因此，感覺上雖是不會留下清楚指紋的硬質信箋，還是利用乾布之類的東西輕輕擦拭表面較爲保險，雖然那樣會連阿忍的指紋也擦掉，但在暴露阿忍是遭他殺之前，警方應該不會調查遺書上的指紋。

不，小心駛得萬年船。只要重新留下阿忍的指紋不就行了？她本人就在起居室內，可以利用她的手指在信箋的適當位置印上指紋。反正死亡還沒經過多久，指尖應該還可以留下充分的指紋。

接下來。

兩張空白信箋。

一封有她親筆簽名的遺書。

材料已經齊全，現在要如何料理呢？這裡必須仔細考慮清楚，否則一旦走錯方向就無法挽回了。事態異常嚴重，需要絕對的全力以赴。

若使用了有親筆簽名的那封信，就等於是寫給信中的「你」的遺書。但是，我自己當然沒有那種資格，畢竟我只是個死纏爛打、最後被甩掉的男人。在旁人眼中，我不過是曾與她共事的許多人中的一個，若留下唯一一封遺書給我，警方絕對會產生懷疑。那麼，「你」是誰最爲恰當呢？

結論馬上就出來了，當然是永井，除了永井和巳，不可能另有他人。假設阿忍終結生命的原因是永井不忠，遺書當然應該寫給他。就這麼決定！這樣或許會對那傢伙造成嚴重困擾，但，管他的，讓他嚐嚐困擾的滋味也不錯。

讓你知道我的厲害！

如果永井和巳對我來說只是個知道姓名的遙遠存在，我可能無法想像阿忍會寫什麼樣內容的遺書給他，可是我和他們兩人都認識，也幾乎能正確掌握阿忍與永井的關係，不會有問題的。

正在構思該寫些什麼的內容時，腦海中又掠過另外的構想。

完成後的遺書不要放在屍體身旁，而是直接寄給永井如何？我眼前彷彿浮現他拆閱之後臉色慘白的神情。如果讀到「我要死在別墅」，他會採取什麼樣的行動呢？會報警？或是親自前往別墅確認？不管是哪一種，都足以讓他加入搞笑劇的演出。太好了，能親睹他困惑莫名的演技。

這樣就必須準備信封了。還好，阿忍雖然對信箋有所執著，卻慣用尋常的白色信封，而且，收件人姓名也習慣用文書處理機打字列印，寄出遺書時循例進行即可。因爲沒有寄件人署名的白色信封，所以只能在信封上貼著收件人姓名，但是，這點就別太在意吧！很難說不會有人解釋成，阿忍希望對方會因爲沒有寫上寄件人姓名而盡快拆閱，因此刻意不寫吧？更何況，只要在信封上也留下阿忍的指紋，一切就毫無破綻。

就照這樣進行，大致方針已經確定。

我看看桌上的時鐘，九點五十分。尙有充分的餘裕搬運屍體，但是，僞造遺書這項細膩作業不知道需要耗費多少時間，還是趕緊行動吧！

把文書處理機搬到桌上，正要開始敲打鍵盤時，我的腦海又湧入新的構想。不只是利用遺書僞裝成她是自殺，難道無法順便證明我與她的死亡毫無關係嗎？

也就是……

明天一早把完成的遺書投入京都市內的郵筒。阿忍在京都唸過大學，打算在自殺之前到充滿回憶的地方走一走也是人之常情，所以遺書內容也寫下「來到京都，接下來要在木曾福島的別墅死去」。我若在投遞之後馬上動身前往反方向的九州一帶旅行，豈非更突顯與她的死亡毫無關連？何況，只要說我目前的工作正好告一段落，想休息一下而出門旅行，大家應該會相信才是。

屍體在永井收到遺書的兩天後才會被人發現，推定的死亡時刻絕對會有相當寬大的幅度，所以遺書是在阿忍死後才投遞這點應該不會揭穿。

我自問：偽裝自殺需要那樣麻煩嗎？

但是，就算白費工夫，至少不會產生負面的結果吧！而且我喜歡這個相當有趣的詭計。或許，我創作推理小說的才華一直都被埋沒吧！

等一下！想自我滿足等工作完成以後再說。

我接上文書處理機的電源。

3

遺書內容大約在三十分鐘後完成。我一方面覺得只有兩張信箋怎麼需要花費這麼多時間，一方面也很佩服自己竟然能夠如此順利進行。當然，有兩項絕佳條件，第一是信箋的分隔線很寬，不必寫太多內容，第二是阿忍的文書處理機是我曾經使用過的機種，使用起來非常順手。

我多次重讀出現在文書處理機螢幕上的作品，集中全副精神反覆檢查是否有不當的表現或記號。

永井和巳先生

我在京都寫這封信。

在這個大學時代生活了四年的地方，雖然離紅葉季節尚早，卻讓我陷入甜蜜的回憶之中。我抱著記下眼前一切事物的心情，在這裡閒蕩了一整天。

我現在坐在二十四小時營業的某家店內角落寫這封信。雖然明天就要前往在木曾的別墅了，無論如何，我還是想從這裡寄出給你的最後一封信。

我打算前往別墅工作。知道我的一番心血完全白費之後，你安慰我「不要沮喪」，所以我想到別墅苦思幾天，看看能否將那些已無用的稿子用在其他地方。

可是，今天走在這度過青春歲月的京都、思索著各種事情之時，忽然發現一切皆成虛無、褪色，彷彿全世界都掛上「今天已經結束」的牌子。聽起來像是自暴自棄吧？

這是第一張信箋的內容，第二張接著，

可是，我已經不再鬧彆扭了，從剛剛開始，我的心情就很平靜，因爲是自己主動捨棄一切，當然覺得無比輕鬆。

我已經累了，對於耳畔好像隨時有誰在怒吼的這個世界、對於在那種喧鬧中無意義地掙扎皆已完全厭煩。包括和你太太爭奪你……

還是放棄吧！一切都已經結束，我希望以自行拉上自己人生之幕的最不平凡方式恢復不屬於任何人的自己。或許，依自己希望走向死亡的人們都是這樣邁向最後的旅程吧！

三十一年的人生，回想起來，既似短暫，又似非常漫長。

謝謝你，永井先生！能遇見你是一件很快樂的事，我一點都不後悔。眞的很感激你。我愛你！

最後接上親筆簽名的那一封，

已經結束了，我沒什麼話好寫了，請你過你自己的人生吧！

祝你幸福。

而且，永遠再見。

壽壽木忍

剛好能接上。除非是個性相當扭曲的人，否則不可能看穿第二張信箋和第三張信箋之間存在著根本的斷絕。儘管處處可見老掉牙的詞彙，但爲了模仿筆調也是無可奈何。我告訴自己，這樣才會帶著感傷色彩，也比較像遺書。

沒錯，這樣就可以了。

我拿來兩張空白信箋。上面已印上阿忍的指紋，位置是在放入列表機時，手會觸碰到的地方。這是一旦失敗就找不到替代物的寶貴紙張。我在開始列印前再次檢查內容，確認格式設定是否有誤。好在阿忍隨身攜帶著儲存了各種文件格式的磁片，其中包括使用特製信箋寫信的磁片，我先試著在其他紙張上列印，確定完全沒錯。

「好，一切沒有問題。」

按下按鍵後，我開始敲打鍵盤列印，信箋被機器捲入。我緊張地看著輸出口位置，很快的，「遺書」正常送出，毫無偏差。我幾乎要開始哼歌了。

第二張也順利列印出來。我把三張信箋排在一起，進行最後的檢查。一切ＯＫ！

接下來是在信封貼上收件人姓名標籤。這是非常簡單的作業，因爲，阿忍的行李中放著標籤，另外一片磁片又儲存了住址、人名、通訊錄，完成後就等於她本人所做的一樣，警方不可能會懷疑。信封貼上印妥收件人姓名的標籤後封口。封口用的也是阿忍可能使用在剪貼資料或原稿、隨身攜帶的口紅膠。貼上郵票後，我再回起居室，拉著阿忍的指尖在信封和郵票上按了一下。

大功告成！

除了最後的親筆簽名以外，收件人姓名和內文完全利用文書處理機打字也許是個特例。不過，她曾說過很在意自己的字不好看，所以連不會讓他人過目的日記都沒用手寫。只要知道她是無論寫什麼都一定使用文書處理機的人，應該會認爲這就是壽壽木忍所寫的遺書。

這難道不能稱之爲完美的遺書嗎？

對於能在瞬間掌握事態且迅速付諸實行的自己，我都覺得有些佩服了。但是，眞正的難關才剛要開始，得將屍體搬運至別墅，布置自殺現場。時間是晚上十一點五分。距離十一月的日出還有一段時間，但，布置工作可能要耗費相當時間，絕對不能太過樂觀。我本來打算休息個幾分鐘，最後還是放棄了。

即使這樣，今夜也是最適合偷偷搬運屍體的最佳夜晚。我家位在宇治郊外，前後左右都是田園和空地，入夜後根本不必擔心會被人目擊，右鄰的夫妻又剛好外出旅遊，不用怕被聽見開車的聲響。

我讓已經冰冷的阿忍躺在箱型車後方，覆上帆布，又在其上放置工具箱和露營器具，以防萬一被人往車內看時也不會覺得不自然。

現在可以出發了。

雖然失手殺害了自己深愛的女性，車後還放著她的屍體，我卻冷靜得連自己都感到驚訝。沒什麼好怯懼不安的，這只是我自己文學式的想像——或許這是因爲阿忍終於眞正屬於自己的滿足感已使其他各種感情完全蒸發的緣故吧！

連續轉接名神、東名和中央高速公路，一路沒休息地花了四個小時抵達南木曾。途中沒遇上任何麻煩，順利地沿著通往妻籠的道路趕往阿忍的別墅。

就在眼前了，阿忍。距離妳家大概還有五分鐘吧！

我會很仔細地把妳吊起來的。

4

才剛從右邊車窗見到東寺的塔，列車已滑入京都車站。

睽隔三天，終於回來了。

在別府住了兩夜，當地的溫泉讓身心完全放鬆。電視新聞和報紙都沒有報導阿忍死亡的消息，這讓我覺得那天晚上的事有如一場夢般。當然，阿忍並不是非常出名的人，她自殺的消息不可能會傳到偏僻的鄉下地方……

我提著買回來準備送給鄰居的土產下了車。一站在月台上──可能是心理因素吧──感覺上天氣比三天前冷了許多。

換搭近鐵線，列車啓動後，我回想起那天晚上的事。

遺書的偽造和屍體的搬運雖然順利，不過抵達別墅後卻是一團糟。下車後看見屍體時，我不禁愕然。翻過趴放的屍體，見到其臉孔和胸口出現無數淡紫紅色的斑點。這件事完全出乎我意料之外，不過我直覺地瞭解到：那應該是停止流動的血液隨重力降至較低的部位，並在該處凝固所造成。這樣一來，就算將屍體吊在天花板或樑上，也馬上會被判斷出死亡後曾經過長時間的俯臥。

怎麼辦？這些斑點會不會隨著時間流逝而消失呢？如果能消失當然最好。屍體被發現應該是在永井收到我回京都投遞的遺書之後，因此還有整整兩天的時間。可是，如果這兩天內不會消失呢？

把屍體搬入別墅內後，我拚命思考善後之策。既然不知道斑點能否消失，就必須假設不會消失，這樣一來，當然就無法僞裝成上吊自殺了。

怎麼辦？怎麼辦？

不久，我想起以前採訪刑事時聽過的話。對方說，所謂的上吊屍體不一定是利用繩子吊在天花板上，也常見到坐著或躺著上吊，只要在頸項纏繞繩狀物，再加上體重，一樣也能達到窒息的目的。

就這麼辦吧！若在床柱繫上領巾的兩端，讓脖子套進中間的圈內，應該能成爲趴臥自殺的屍體。沒有其他辦法了。我迅速開始作業。不過，因爲腦海中描繪好的是吊掛屍體的印象，所以整整耗費了二十分鐘左右才完成理想的姿勢。

我情不自禁在已經冰冷僵硬的阿忍耳畔低聲說：對不起，沒有辦法把妳吊起來。

將屍體擺妥該呈現的姿勢後就已無事可做了。行李只要放在房間角落即可，表示阿忍一到這裡馬上行動。

我仔細尋思是否還有哪裡遺漏後，匆匆趕回京都。歸途也是一路順暢，在約莫天色大亮之際返抵家門。

然後，我急忙把至少會需要的東西塞進旅行袋，搭乘電車前往京都車站，把苦心完成的作品——阿忍寫給永井的最後一封信——丟入車站的郵筒，亦即，阿忍是在寄出信後搭上行列車前往木曾，我則是搭下行的新幹線前往遙遠的九州。新幹線開始前進後，我心頭湧起拋下一切的解放感。

怎麼反覆思索也沒發現絲毫遺漏！

離開三天，回到家裡時，首先確認我不在家時是否有電話留言。先是編輯部的朋友留言要我與他連絡，然後是永井的聲音。

——我是永井，我打了好幾通電話都無人接聽，回來後馬上和我連絡。你可別嚇到了，壽壽木小姐死了，在木曾的別墅上吊。詳情等回電給我時再談。

他的聲音裡充滿濃濃的困惑，我的唇際忍不住浮現不懷好意的微笑。不僅是因爲交往中的女人自殺，更因爲接獲對方遺書，內心受到強烈的衝擊吧！這眞是令人愉快。

在整理行李之前，我先打了個電話給永井。並非想知道對方狼狽的模樣，而是希望盡快瞭解阿忍是否被斷定爲自殺。

撥了永井位於岩倉的工作室電話，他立刻接起來。

「萩原嗎？怎麼回事？你出門旅行？」

總覺得他的語氣裡透著不滿。

「完成『琥珀周刊』的特輯之後，我去泡溫泉好好休息了幾天，剛剛才從別府回來，聽到你說壽壽木小姐過世時嚇了一跳。你說她上吊，究竟是怎麼回事？自殺嗎？」

我期待他回答「是的」，也預期會有這樣的答案。

但是，永井的回答卻相當含糊。

「我收到疑似遺書的信件後馬上報警，警方調查後，發現她真的上吊死亡。」

哦，這傢伙先打110報警嗎？

「我非常吃驚，以爲她是自殺，但事實並非如此，刑事在查證之後表示無法確定是否爲自殺。」

無法確定？爲什麼？

「可是，你接到遺書了，不是嗎？」我極力隱藏內心的動搖，企圖引導對方提供情報。

「聽說可能是被勒斃後再僞裝成自殺。警方雖然沒告訴我詳細情況，但似乎有很多根據懷疑是他殺。」

那麼容易就被識破了嗎？我覺得自己彷彿變成了笨蛋。但是，警方既然還有所猶豫，沒必要現在就放棄希望。

「眞可怕！壽壽木小姐竟然有可能遭人殺害。」永井似要引起我的共鳴，因此我未洩漏任何秘密地同表震驚。

他不以爲意地接著說：「話雖如此，若是他殺，我會接到遺書就很奇怪了。說它是僞造，又僞造得過於完美，信箋是她特製之物，筆調也一模一樣，甚至連親筆簽名都有。」

看吧！只要遺書沒被拆穿是僞造的就好。

「不過，她在遇害前好像來過京都呢！」

「什麼！」我故意驚呼出聲。

「遺書是在京都寄出的，郵戳也是京都的郵戳，錢包裡也有在京都車站地下街的咖啡店喝咖啡的收據。」

可能是在來我家之前獨自去了咖啡店吧！

「刑事跑到我家來追根究柢。說是『雖然尚未確認眞假，但是會接到遺書，表示你和她一定有密切關係』。

「這眞是飛來橫禍！」

聽著永井發了一會兒牢騷後，我們結束通話。

我交抱雙臂，反芻方才的對話。得先有被拆穿阿忍是他殺時的心理準備了！目前還不需要慌亂。

刑事一定會來敲我家的門。

勝負就在那個時候！

5

第三天，辦案人員終於來敲我家的門，表示希望問我有關壽壽木忍死亡之事。

我接待他們進入擺置廉價沙發的房間。電視劇裡登場的刑事固定是兩位，但是，出現在我家的敵人卻有三個。

「我們希望就能很快結束，請你務必協助。我是京都府警局的柳井，請多多指教。」有著福神般的高突額頭、身材瘦小的刑事誠懇地說著，右側瘦削的男人是長野縣警局的富樫刑事。

因爲發現屍體的現場是在木曾，所以長野縣的刑事才會出差一起來。那麼，柳井左邊的男人應該也是某處的刑事吧！我這樣想著，瞥了對方一眼。頭髮斑白，但似乎是少年白，年紀頂多在三十至三十五歲之間，鼻粱挺直、輪廓分明的臉孔予人理智的印象，緊抿的嘴唇顯示其個性強硬，眼眸裡閃爍著不穩定的光芒。若只看照片推測其人，可能會認爲他是由落魄的知識份子轉行的職業賭徒吧！

「這位是火村教授，在京都大學教授犯罪社會學，我們請他協助調查這次的事件。」

我沒想到他是大學教授。從年齡上看來，最多也只是副教授吧！刑事找學者專家幫忙時有耳聞，但是讓他們會同偵訊與調查卻出乎我意料。只不過是讀過幾本外文書的傢伙，又能懂些什麼？

柳井介紹過同伴後，富樫將膝蓋往前挪，開始詢問。

「你知道壽壽木小姐已經死亡的消息吧！聽說壽壽木小姐和萩原先生從大約兩年半前就有工作上的往來？」

他的聲音輕飄飄的，彷彿有哪裡漏了氣似地，緩和了緊張氣氛。

「我是知道她不幸亡故的消息，而且非常吃驚。雖然只是單純地工作往來，還是很替她難過。」

「只有工作上的往來嗎？」

「多少也有點私人交情，不過只是與其他作家或編輯聚餐個幾次的程度……」我簡單回答阿忍與我的關係。

接下來對方問及她的為人以及最近的生活情形。這些，我早已想過該如何回答了，所以輕鬆地應付了過去。

「原來如此，她與永井果然有不尋常的關係。看樣子，日記上所寫的並非謊言。」富樫邊說邊和柳井交換眼神。

我頓時感到不安，日記是怎麼回事？阿忍的行李中並無日記本，隨身攜帶的磁片中也沒有任何一片註明著「日記」，因此我並未確認這點。難道日記裡有寫著「要去萩原家」嗎？我開始擔心了……

「壽壽木小姐很認眞地在寫日記。其中有相當多片斷是對永井的傾訴，也多少能感受到她有些神經衰弱的傾向。」

聽完柳井的說明，我鬆了一口氣。裡面好像沒觸及預定和誰見面之事。

福神刑事補充：「日記裡淨是『永井、永井』的，充滿了對他的思念。」

「哦，是這樣嗎？」

這豈非更合乎我的期望？若能因此確定阿忍是自殺就更完美了……

「所以在自殺前用文書處理機打封遺書寄給永井也是很自然的事。」

「我和永井通電話時曾聽他提起，警方似乎認爲有他殺的嫌疑？」

柳井和富樫同時點頭。名叫火村的犯罪學者卻沉默不語，感覺上像是連訊問都不會，只是在等待能打岔的機會。不過，光憑刑事的介紹可能還不太瞭解其眞面目，心裡忽然有點毛毛的。

「因爲屍體上有太多的疑點。頸項雖然勒著領巾，但是連頸後都有勒痕，以自殺來說未免太不自然，那種痕跡是被人從背後勒斃才有的特徵。眼窩內部出血、臉孔浮腫也是相同情況。另外，上吊屍體死後雖然也會流出排泄物，不過其狀況也有點可疑。死斑出現的樣子也不自然。」富樫說。

他的語調雖然平淡，但每一個字卻都像會刺人皮膚。我很想反唇相譏：既然有那麼多疑點，何不斷定他殺？

但是，難以判斷是自殺或他殺的理由也許是那封完美的遺書所帶來的效果。一定是這樣！可見我竭盡智慧還是有其效用的。

「可是，遺書應該是壽壽木本人寫的吧？」

爲了確定這點，我試著投出牽制球。

「經過筆跡鑑定，遺書結尾的簽名有百分之九十五以上的機率是本人所寫。但是不能只因為簽名是眞的，就遽下結論說整封遺書也是眞的，畢竟還是有僞造的可能性存在。」

柳井的回答讓我的背部掠過一陣寒顫。情況有些不太對，周遭彷彿開始飄著不穩定的空氣。

「哦，為什麼？是因為用文書處理機打字的遺書不足採信嗎？」我力持鎮靜地反問。

「也不是。壽壽木小姐從私人信件至日記全是使用文書處理機打字。」

「那我就不明白了，既然很可能是她打出來的遺書，而且又有她本人的簽名，應該沒有理由懷疑那是假的遺書吧！」

我故意將這句話丟向默默坐著的火村。沒有特別理由，只是在四目對望的瞬間好像受到吸引似地對他開口。

「不，是可以這麼推斷。那封遺書是僞造的！」

我嚥下一口唾液：這傢伙的聲音也是平淡得令人不快。

我挺起胸問他：「你如何知道？」

火村凝視著我的眼瞳深處：「遺書內容共有三張信箋，有簽名的當然在第三張，上面還有『永遠再見』和『祝你幸福』之類的分手字眼，如果只看這部分，可以推斷這並非遺書，而是要求斷絕關係的聲明。」

他說出令人感到無趣的話。

然後，他靜靜接著說：「明確記述厭世感和自殺念頭的是在第一張和第二張信箋，而且這部分完全用文書處理機打字，沒有手寫之處。如此一來，就存在著和第三張有本人簽名的信箋合成爲僞造遺書的可能性。」

這傢伙到底是誰？居然能看透一切？

「哦，是有這種可能。」我陷入自我厭惡地應了一聲，然後緊緊閉上嘴。我知道若再隨便多說兩句搞不好會自掘墳墓。

在短暫沉默的期間，火村以眼神向柳井示意。瞭解到他的眼神的福神刑事伸手至放在一旁的公事包內，取出在我意料之外的東西。

放在桌上的是很眼熟的小型文書處理機。

「這是壽壽木小姐愛用的文書處理機，和她的遺體一起在別墅被發現。」火村拉出電線，插上附近的插座。「裡面放有在她東京住處找到的磁片，磁片裡匯集她生前寫過的信件，其中包括麼這一封。」

我在腦海裡整理到底是怎麼回事的時候，火村敲打著鍵盤，在螢幕上顯示出一封文件，並將螢幕轉向這邊，讓我可以清楚看見。

那是我不想再見到的信件，是那封希望我死心、別再糾纏的懇求兼命令的最後來信，只有一張信箋，是我用來僞造遺書的信件。

「這是寫給你的吧？」火村問。

我無法回答。

柳井推來幾張紙到我眼前。

「這是永井收到的壽壽木小姐的遺書影印本。」

「請注意有簽名的第三張信箋。」火村以冰冷的聲音命令著。「上面的內容和儲存在磁片中、寫給你的信件內容完全一樣，這會是偶然嗎？你利用自己手邊的這封信僞造了一封遺書，對吧？調閱磁片內容後發現，她只寫過四封簡短的信給你，內容全是拒絕你的愛慕。你既愛她，但卻更恨她百倍，所以在過度激動之下將她殺害，然後僞裝成上吊自殺，不是嗎？」

「這個人到底在胡說些什麼？太過分了！」我的怒火爆發了，不是因爲被嫁罪，而是因爲被揭穿眞相而憤怒。

「請你不要無的放矢。我不記得自己收到過這種內容的信，其中一定有什麼誤會。再說，假設我收過這樣的信好了，她總是使用特製的信箋，要僞造遺書也必須利用相同的信箋，但是我並沒有這樣的東西。」

「你應該有！這些全是內容簡短的信件，你手上持有兩張空白信箋也沒什麼好奇怪。」

可惡！雖然一切皆是事實，但還是無法忍受被拆穿。我抱著自己完全無辜的錯覺，正打算反撲可恨的犯罪學家時……

「『可惡』。」火村開口。

「你說什麼？」

「剛才你的嘴唇微微動著，說出『可惡』兩個字。你是因爲被我說中眞相而無法按捺內心的煩躁不安。」

我全身氣血上沖：「刑事先生，請把這個男人攆出去。甚麼犯罪學家嘛！只會蓄意污衊別人。我沒必要受到這種不是警察的人對我的無理對待，更何況我有不在場證明，不管是她自殺或他殺的當天，我都在別府旅行。」

但，抗議無效。火村立刻駁斥這點：「你沒有什麼不在場證明。死亡時刻的推定幅度很寬，也包括你出門旅行的前一天晚上。你可以先在京都殺害她，再將屍體搬運至木曾。事實上，屍體也有被移動過的痕跡，排泄物和死斑的疑點完全是因爲屍體曾被人移動過。」

「這是誣賴！你並沒有遺書是僞造的證據。如果你堅持我能夠僞造遺書，我承認是有這個可能，但你卻沒有證據而玩弄我這種守法的人。給我的信和遺書的結尾一致或許只是個單純的偶然。」

「不，我有證據證明遺書並非壽壽木忍小姐所寫。」

對方只不過是期待我說溜了嘴，我不相信火村所說的話。

「證據嗎？我倒想聽聽看是什麼樣的證據。」

火村豎起食指：「我的朋友中也有一位作家，是他以前跟我說過的話給了我暗示。亦即，文書處理機有記錄頻繁使用的詞彙之功能。我那位朋友的姓名相當奇怪，所以他將平假名『ん』的按鍵設定成一變換成漢字，馬上就出現自己的全名。由於沒有讀音是『ん』的漢字，在做變換時並不會出錯。但眞正要使用『天才』的漢字時就會很困擾，他以前就做過打出『てんさい』就出現自己姓名的蠢事。」（註：天才的日語寫法爲てんさい，讀法爲tensai）

那又怎樣？只不過是奇怪的學者和奇怪的作家。

「文書處理機隱藏著使用者的各種秘密，你一定想看看壽壽木忍小姐的秘密吧？」火村馬上在螢幕上叫出詞彙紀錄一覽表。

「zuki」是「壽壽木忍」，「hakuyu」是出版社「珀友社」等等，好笑的是「rabu」（註：此即爲love）是「永井先生」，簡直就像個高中女生。

「你似乎還不太明白啊，也就是說，當她想打出『永井先生』時，不是打『nagaisan』，而是直接打『rabu』。」

那又怎樣？

「請再仔細看一遍遺書，在第二張信箋的結尾部分有『三十一年的人生。回想起來，既似短暫，又似非常漫長。謝謝你，永井先生！』。」

沒錯，那又有什麼不對了？

「這中間出現兩次『nagai』，一個是形容詞『漫長』，另一個是人名『永井』。壽壽木小姐應該不會敲打兩次『nagai』，要打『永井』的話，她會用『rabu』變換成『nagaisan』。」火村邊說，手指邊在鍵盤上移動。

「萩原先生也是位作家，應該知道文書處理機有學習的功能。日文裡同音異義詞極多，因此，譬如打出『kouein』時，很難馬上變換成所要的漢字『公園』，所以在第二次打出『kouein』時，文書處理機就會依照之前的記錄變換成與第一次相同的漢字，這就是所謂的學習功能。」

既是賴以維生的工具，我當然很清楚。不，這應該是文書處理機使用者的普遍常識。

「這台文書處理機自從被發現之後，就沒有任何人動過，所以還保留著上次記錄的內容。如果我現在打『nagai』，你說，會出現什麼樣的漢字呢？沒錯，若是壽壽木小姐親自打的遺書，應該會變換成和她最後所打的『nagai』相同的字眼，亦即形容詞『漫長』，所以現在出現人名『永井』豈不是很奇怪？」

這是圈套，絕對是圈套！

「我不可能受騙的。一定是你們在來這裡之前先打了人名的『永井』，結果當然會變成這樣。想陷害我是沒用的，我不會上當的。」

耳邊忽然響起敲打鍵盤的聲音，包括濁音在內，火村總共敲打了四個按鍵。

永井

但是，那又如何？

這根本就是圈套、骯髒的詭計。

是這位姓火村的奇怪傢伙的點子呢？或是刑事的？

還是阿忍……

是妳嗎？

胡言譫語的怪獸

「兇器丟在哪裡？」

「……」

「霓虹的血管。滾滾奔流的大動脈盡頭，觔斗雲的世界最大鎖孔。環抱鎖孔的ＡＫＡ深淵？原來你是詩人啊！」

「……」

「你能行動的範圍不大，也沒有利用車子。」

「……」

「霓虹的血管指的是大阪市營地下鐵吧？因有七條路線，又各區分爲不同的顏色。」

「……」

「大動脈應該是貫穿大阪中心向南北延伸的御堂筋線吧？它的承載量是壓倒性的多數，是名副其實的市營地下鐵之大動脈，而且很剛好的，其色彩也是鮮紅色。」

「……」

「御堂筋線一直往南延伸。所以，所謂的大動脈盡頭，應該是最南端終點站所在的堺市的中百舌鳥。那裡有世界最大的鎖孔嗎？」

「……」

「當然有！世界第一大的墳墓——大山古墳。另一個名稱是仁德天皇皇陵。是前方後圓的墳墓，由空中往下會看酷似鎖孔形狀。再加上若重組觔斗雲（KINTOUN）的字母，即成仁德（NINTOKU），一定不會錯。」

「……」

「丟棄在古墳的池內吧？」

「ＡＫＡ深淵。」

「ＡＫＡ嗎？ＡＫＡ是梵語的瑜珈，拉丁語的ＡＱＵＡ，是全世界廣泛通用的語言，是水吧？兇器沉入環繞鎖孔的水底。」

「……」

「錯了嗎？」

「……」

「怎麼樣？」

「……沒錯。」

「你不是孤單的，我可以理解你的話。」

「……」

「人類沒那麼簡單就能孤獨的。」

「孩子啊，你要小心胡言譫語的怪獸！牠會露出獠牙咬你，也會伸出魔爪攻擊你。」

路易斯・凱洛《愛麗絲鏡中奇緣》

1

根據用來代替日記的記事本，這是一九九五年五月二十日的事。

正在煮開水準備嚐嚐看新發售的速食通心麵時，有電話來了。我毫不遲疑地關掉爐火。

這就是事情的開始！

「你是推理作家有栖川有栖吧？」迫不及待似的，我一接聽，男人的聲音立刻發問。

是不尋常的尖銳語氣，我心生警戒。若是令人不愉快的電話，很可能會影響接下來的工作心情。

「是的，請問是哪一位？」

「聽了我的聲音還不知道？」

與其說是親切，不如說是自以爲熟絡。明明聽起來比我還年輕……我有一點生氣了：「不知道。你是哪一位？」

「呵呵，好像不太高興呢！難道還在睡嗎？聽說作家都是睡到下午的。」

「我早就起來了，正在準備午飯。我不知道你是哪位，如果有事，希望你能長話短說。」

說早就起來是誇張了些，事實上，我離開床鋪才過二十分鐘。瞄一眼牆上的掛鐘，十二點半。

「問我有什麼事，我也不知該如何回答，我只是想打聲招呼而已。本來期待你聽了聲音會認出我是誰的，眞遺憾。」

我極力忍住怒叫：別開玩笑了！

反正，等確定是誰後，再來臭罵一頓也不遲。

「被不認識的人打招呼也沒什麼意義，如果這是惡作劇，請掛斷電話，我很忙。」

「我是不應該在吃飯時間打電話，讓你不想聽我說話。」

雖然聽起來像標準語，但語調又不對，或許是刻意模仿電視中的東京腔吧！我沒有朋友講話是這種腔調的。

「我是想聽，是你不說的吧？請說。」我故意冷冷說道。

「請注意新聞報導。我打算最近幹出一樁轟動社會的大事。」

「開玩笑的吧？」

「眞的。不過你不相信也無所謂，屆時自然就會明白。絕對會駭人聽聞、讓整個日本的注意力都集中在我身上。」

嘲諷似的語調逐漸消失，彷彿開始感到極度不耐煩。這種情感的強烈起伏絕不尋常。

「喂，雖然不知道你要講些什麼，不過若是要提供小說的材料，我這邊並不缺。」我說著，自己也開始感到沉重的緊張，怕是對自己有所威脅。

男人已預告要做出極端重大的危險行爲，我得像捧著易碎品似地謹愼應付，問題是，我找不出究竟該說些什麼才好。眞是差勁，靠著寫推理小說吃飯，又常當犯罪學家朋友的助手，結果竟是如此無用。

犯罪學家朋友。在腦海裡描繪著火村英生臉孔的瞬間，我忽然想到了，電話裡的聲音會不會是在火村稱爲實地考察的犯罪漩渦中曾見過的人？不是警方，那麼，應該就是某椿事件的關係者。

「也讓火村知道嗎？」我故意問。

男人嗤笑出聲：「接下來就要告訴他了。對啦！這樣正好……他是在京都某所大學的研究室吧？你告訴我如何連絡上他。他星期六會在學校裡嗎？你是他的搭檔一定知道的。省得我自己再去查電話號碼。」

我看著電話簿，唸出號碼。

「謝謝。」

「現在是中午休息時間，他應該在研究室裡。如果你有什麼困擾，他大概能幫上忙。」

這句多餘的話似乎挑動了男人的敏感神經，他忽然大叫出聲：「別管我，混帳東西。」

電話就這樣結束。我確定電話掛斷後，馬上撥電話給火村，但，只聽到空洞的鈴聲。

2

我接獲奇怪電話約兩個小時之後。

火村英生副教授在圖書館調查好資料，回到研究室時，電話鈴聲正響著。他將夾在腋下的資料放到桌上，拿起話筒。

「抱歉讓你久等了，我是火村。」

「終於回來啦？打了不知道幾百通了，眞令人心煩。」

話筒裡立刻傳出粗鄙的聲音，並夾帶著明顯的不耐煩。火村皺起眉頭。或許，對方眞的撥了幾百通吧！

「至少也該轉到電話答錄機上吧！太蠢了。」

「請問是哪位？」

「是我。」

完全是自以爲了不起的回答。聽來像是二十多歲至三十多歲的年紀。雖然是曾聽過的聲音，但一時卻想不起來是誰。

火村用空著的另一隻手拉鬆領帶：「對不起，我還是不知道你是哪位，能說出尊姓大名嗎？」

「我厭惡自己的姓名，也討厭隨便哪個傢伙都用無聊的名字叫我。我不會說的，我，就是我。」

火村明白了！雖然只想到姓氏。

「你是山沖先生？」

「『山沖先生？』，別這樣問我！犯罪者是社會公敵，沒必要加上『先生』的稱呼吧？教授，當時眞的給你帶來了很大的麻煩。」

果然是山沖一世！

火村輕輕坐下，拉過文具用品後，換左手拿話筒，尋思一下，打開電話錄音開關。

「你才是，不必勉強稱我『教授』，又不是我的學生。」火村換成輕鬆的語氣說。

「別謙虛了！謙虛反而令人生厭。犯罪社會學家兼名偵探先生，好久不見了。」

在大阪拘留所裡與對方會面的情景在火村的腦海裡甦醒了。當時，對方逃避正面面對火村，嘴裡嘀咕著毫無意義的言詞，有氣無力地述說自己的故事。現在雖然是在見不到對方的電話中，可是如此粗暴的口氣，一點都不像他本人。

「怎麼會特地打電話來研究室呢？」

應該不是特地打電話來發牢騷，或抱怨自己並非那椿事件的兇手吧！絕對是有某件事情要說。火村這麼想著，邊以肩膀夾住話筒，叼著駱駝牌香菸，點燃。

「你目前從事何種行業？」

一年半前，他就讀大阪某大學工學院學習資訊處理，卻埋伏在該學院年輕講師的回家途中，刺傷對方側腹，所以應該不可能回原校復學吧！

「爛透了。」對方恨恨說著。

感覺上，似乎有口水從話筒裡噴出來。

「這不算回答呀！你從什麼地方打的電話？」

「嗯，這是哪裡呢？今晚睡覺的巢還沒找到，昨天睡在那霸。對了，後天是稚內的日子。」說著，似在嘲弄人般地嗤笑出聲。

火村記得山沖的老家確實是在熊本市內，但不認爲那霸或稚內是認眞的回答。

「後天是稚內的日子，睽隔了十五年，可以見到潘朵拉。」

無法瞭解其意。

「潘朵拉是什麼？」

「誰知道？」

火村本來認爲對方是想向自己抗議什麼而情緒激動，但現在看來並非這樣。山沖一世的精神狀態明顯地失去平衡！事件發生當時也是因爲罹患神經衰弱症，且經精神鑑定無誤才獲判無罪。

這樁很平常的傷害事件是在起訴後才與火村有了關連，因爲大阪府警局的承辦刑事以非正式的途徑找他幫忙。當時他解開了可以稱之爲山沖的獨特語言之妄語，終於發現棄置在仁德天皇陵池底部的兇器。雖然不知道犯罪社會學家和嫌犯面會交談之後，證實對方並非詐病的意見能獲得什麼樣的參考效果，但檢方似乎因此認爲再上訴也是白費工夫，所以一審就告結案。

山沖的樣子相當可疑。火村嗅到像是引爆炸藥的導火線已被點燃般的危險。確認錄音機正在轉動後，開口：「別浪費時間，趕快進入主題吧！什麼事？」

「我要動手。」

火村好像以嘴唇彈出似地噴出紫色煙霧：「殺人？我？」

「錯了。我不討厭你，也不討厭你的助手。他很親切，我一問，他就把你的電話號碼給我。」

「還是想殺上次沒殺死的男人？」

遇刺的講師一個月後才痊癒。但，若認爲只給對方這麼一點傷害還不夠，應該會默默地動手。

「哼，我是要幹大事，對那種爛人早就沒興趣了，再說，那傢伙也不在大阪了。」

「這表示說，你此刻人在大阪？」

「這是推理？錯啦！饒了我吧！你就是因爲喜歡抓住別人話裡的漏洞，才會到了快三十五歲了還沒有女人。」

「別管我。你的女人還好嗎？」

這不是閒話家常，而是刺激對方繼續說話。果然，山沖的聲調提高了。

「早就跑掉啦！因爲那傢伙做出不該做的事，害我在醫院陪醫師半年，最後竟自己跑掉，眞是無情。」

對了，山沖就是怕愛人被搶走，才會差點犯下殺人罪行。話雖如此，要對方為這種行為負責，未免太奢求。

「我悶壞了，一切都不順利，眞想殺掉全部的垃圾人物，毀掉眼前的一切。再這樣下去，我絕對不會甘心。」

「冷靜點，爲什麼要如此激動？」

「我打電話不是要與你商量事情，只是想讓你知道我還活得好好的。我會在不久的將來幹出一番大事，讓全國都知道我的豐功偉業。你別以爲我只會光說不練。」

「你在威脅我嗎？」

「我是認眞的，剛才也告訴過你的助手了。」

「你說的是有栖川吧？有告訴他更具體的內容嗎？」

「還沒有。」

「等一下！」

「你的手錶慢了。」

電話掛斷。

3

下午三點四十分。

我正覺得無心工作時，火村打電話來了。

我問他：「是否接到奇怪的電話？」

「嗯，是山沖一世。」

我和火村都見過他。

「是刺傷大學講師的那個男人吧？我只記得他眼神閃爍，嘴裡總是唸唸有詞，不過，講話口氣有那樣粗暴嗎？」

「簡直變了另一個人，但是，確實是山沖沒錯。話說到一半就會冒出意義不明的話，精神狀態似乎已不再穩定，應該不是故意裝出來的樣子。」

「是呀，事件發生當時他也說了些好像謎題般的意義不明言語，所以我替他取了個綽號……」

「胡言譫語的怪獸。」

那是在我最喜歡的《愛麗絲鏡中奇緣》中的詩裡登場的森林怪獸之名。牠似乎有獠牙和利爪，其眞面目卻沒人清楚。其名字的由來有各種不同說法，但並無定論。依照研究凱洛的翹首——高橋康也的解釋，胡言譫語的怪獸乃是「被語言製造出來的怪獸」、「發出妄語的怪獸」，同時也象徵了「語言混亂」。我會把山沖和耽溺於韻律和語言遊戲的詩中怪物搭在一起是因爲他的囈語時而具有恍惚的奇妙意味，又似難懂的象徵詩誘人產生不可思議的酩酊，其語言感觸非常獨特。

我問火村：「山沖到底說了些什麼意義不明的話？」

副教授播放錄起來的重要部分。

不愧是胡言譫語的怪獸！所說的話確實很詭異。

「昨天在那霸，後天在稚內，這到底是怎回事？如果搭飛機是有可能在半日之內移動至兩地，但是，這又不是出門旅遊。」

「他並未明白說出後天要去稚內，只是說『後天是稚內的日子』。」

「稚內的日子是什麼？是像東京都民之日那樣嗎？」（註：每年十月一日，東京都內各設施會以優惠方式開放給當地民眾）

札幌出生的他乾脆地回答：「不知道。」

如果調查書籍資料，或打電話查詢，應該就能確認才對。

「還有其他更奇怪的，像是『可以見到潘朵拉』。」

「『睽隔了十五年』也是，眞是偉大的詩人。」

「所謂的潘朵拉是人嗎？」

「不知道，有點奇怪。如果要懷疑，那霸和稚內的地名也有問題。可是，他並不像隨口瞎扯。」

我也有同感。如果這樣，那……

「最後的『你的手錶慢了』又是怎麼回事？」

「我那時不自覺地看了一眼自己的手錶，不過時間完全正確。或許是最近流行的新詞彙吧？。」

火村問我電視連續劇或電影裡是否有這樣的流行語。但是，我從沒聽過。

「他是先打電話給你吧？說了些什麼？」

什麼也沒說。我說出自己記得的內容，包括「我打算最近幹出一樁轟動全日本的大事」這一句曖昧、誇大妄想的宣言。

「只有那樣？」火村嚴肅地問。

「不錯，並沒說過要爆破首相官邸或暗殺政府要員之類的話，完全是冷漠又大膽的發言。」

「聽起來雖然像排遣無聊的惡作劇電話，但我卻無法放心，總覺得他受到向某處施暴的衝動所驅使，內心卻又希望自己能在事前被制止，所以才會打電話給我們。」

或許是這樣！也就是，並非威脅，而是ＳＯＳ。若是如此，就等於他來找我們幫忙，我們有責任回應他。

「結案後，他曾住院接受治療吧？」

「今年二月我去見過他一次，談了將近一個鐘頭，後來如何就不知道了。」

當時他給我的印象相當不錯，似乎正逐漸康復中。若是這樣，就表示出院後因爲無法適應環境，導致精神狀態陷入不穩定。

「無論如何，我會試著連絡上船曳先生。也許他會知道山沖的近況。」

所謂的船曳先生就是與我們頗有交情的大阪府警局調查一課的警部，也是當時逮捕山沖的承辦警官，因此，他可能比我們更清楚山沖的近況。

「再給我電話。」說完，我掛斷電話。

雖未實際感受到某種重大危機迫在眉睫，心裡卻是極端不安，想工作又提不起勁，甚至還有些期待山沖會再打電話來。

我很在意「稚內的日子」這幾個字。我無法靜坐等待事態發展，於是查出了稚內觀光協會的電話號碼，打電話過去詢問。但對方卻回答「沒有那種日子，後天或最近也無預定的特別活動」。

WAKKANAI

我在備忘紙上寫出稚內的羅馬拼音，試著能否將它轉變成不同詞彙，因爲我想起山沖被逮捕之前在投宿的商務飯店所用的假名。假名爲青木五月，是利用YAMAOKI的字母之轉換，將MAY和AOKI分開，把MAY譯爲五月當作名字。因爲胡言譫語的怪獸喜歡玩語言遊戲！（註：山沖的羅馬拼音爲YAMAOKI，青木五月爲AOKI MAY）

不過，稚內這個字好像又呈現不同的旨趣，無法變換成有意義的字眼，就算是稚內之日也一樣。

那麼，那霸或潘朵拉又如何？NAHA、PANDORA……實在想不出有什麼字眼可替代。

「睽隔了十五年」這句也是謎團。是指只要去了稚內，就可以見到睽隔了十五年的潘多朵拉嗎？雖然不記得山沖的正確年齡，但，應該是二十二、三歲吧？十五年前的話，就等於是他七、八歲的時候，或許，當時他所經歷過的事會在後天重現？

我翻開早報，想找看看有什麼靈感，但仍一無所獲。也許那只是與他個人有關係的事情！

本以爲時候還早，看了一下信箱，卻發現晚報已經送達了。我將晚報攤開在桌上時，電話鈴聲響起。

「山沖好像又惹出麻煩了。」火村的聲音說。

4

「麻煩？什麼樣的？」

「昨天入夜以後，他在十三刺傷了醉漢，因爲不小心把放有駕照的名片夾掉落，所以馬上就被通緝。」

聽說他是在酒館裡因手肘撞到之類的小磨擦和中年上班族發生口角，是對方先動手，他才盛怒揮刀。對方只有輕傷，是不幸中的大幸，但是，加害者山沖的精神卻完全崩潰。

「山沖目前正在逃亡？」

「沒錯。他似乎曾回附近的單身公寓拿錢。他雖然擁有五台電腦，卻沒有願意幫助他的朋友。熊本縣警局的刑事接獲大阪府警局的要求，今天一早前往調查他的出生地，發現在早上九點前有人目擊到疑似他的男人在附近出現。不過，最後還是沒能抓到他，可能他已猜到警方會追蹤到自己故鄉。」

「這表示他之前是從九州打電話給我和你？」

「這很難說！只能推斷他今天早上九點以前在熊本，下午在哪裡就不知道了。依照飛機時刻表，十二點四十分有班機從熊本機場起飛，十四點零五分抵達韓國漢城機場。」

從熊本機場打電話給我，從漢城機場打電話給火村？怎麼可能！

「我想逮捕他。」火村堅決地說：「不只是想讓他自首，還想保護他。我擔心他會引起重大的危機，更擔心他會自殘。他應該也是在無意識中有所感覺，才會打電話給我們。」

不想被逮捕，卻希望被人保護，才會打簡單卻又難以掌握意義的電話嗎？眞是棘手。

「可是，那種瞎扯的電話……」

「不是瞎扯。他不是講過自己昨天在那霸嗎？」

「那還不算瞎扯？他是在大阪刺傷醉漢後逃往熊本吧？這樣怎麼可能有時間前往琉球。」

「嘿，身爲推理作家居然不知道前一天入夜後在大阪的傢伙，今天早上九點以前出現在熊本的方法？有栖。」

我沉吟著。

「反正又不是猜謎節目，我就說出答案吧！山沖在夜間由大阪移動至熊本的方法極其有限。也不知是否因爲發覺駕照遺失，他搭乘臥鋪列車，在車上睡覺。」

從大阪經鹿兒島開往熊本的臥鋪特快車有兩班，曾寫過鐵道推理的我當然知道其名稱，一班是東京開往西鹿兒島的「隼」，另一班則是新大阪開往西鹿兒島的……

「他搭乘『那霸』？」

以椰子葉爲註冊商標的這班列車是在一九七二年爲紀念琉球回歸日本懷抱而命名爲「那霸」，是知名度不高的地方性列車。以前有位來自東京的編輯見到停在大阪車站的這班列車時，做出了非常可笑的反應：「咦，什麼時候開鑿海底隧道通往琉球了」。

「『那霸』在二十點三十三分從大阪車站開出，翌晨七點零九分抵達熊本。傷害事件發生在昨晚八點以前，因此時間剛好吻合。他說自己昨夜在『那霸』並非瞎扯。下次他打來電話時，你必須告訴他謎底已經解開了。」

「那麼，『稚內』或『潘朵拉』也解開了嗎？」

「不，還沒有。」

還沒有？竟然回答得如此理直氣壯。但是，再怎麼厲害的犯罪學家，要求他馬上猜出謎底，應該也很困難吧！

「我如果有想到什麼會和你連絡。我剛才向稚內觀光協會詢問過了，所謂的稚內的日子是……」

我之所以停下來乃是因爲見到攤開在桌上的朝日新聞的某個標題。那是因火村來了電話，我尚未細看的頁面。

哇！無環的土星

5・22黎明　東方天際

睽隔15年的天文異象

無環的土星，沒有外環的土星——稚內（WAKKANAI）。

副教授問：「怎麼啦？」

我制止他，繼續閱讀內容。

睽隔了十五年，五月二十二日將發生土星之環消失的天文異象，這是天文迷今年最熱的話題。消失只是假象，因爲土星之環正好和地球成一直線……

「我明白稚內之日的意義了。」我唸出新聞報導的內容。

原以爲火村會吹口哨，但是，他卻保持沉默。不久，開口說：「開玩笑，這種事和那傢伙的行動不可能有關係的。」

「別潑我冷水了。」

「那麼，請告訴我，潘朵拉又是怎麼回事？」

我不知如何回答……

「你去查查看手邊的百科全書或圖鑑裡有關土星的部分，應該就能查到。」

我按下保留鍵後，跑向書房。從圖鑑中搜尋想查的項目，馬上就找到答案。明知沒有必要，我還是帶著圖鑑跑回電話邊。

「查到了，潘朵拉是土星的衛星之一。」

「它平常可能隱藏在土星之環的背面，每隔十五年，當土星之環與地球成一直線時才能看到。」

「託那傢伙之福，你變聰明了。」

「就算還是白痴我也不在乎。」他好像相當不耐煩。

我自我安慰地說：「那他下次再打來時，順便告訴他連這個謎題都已經解開，或許可以緩和胡言讒語怪獸的孤獨。」

「叫他別再嘲弄大人了，趕快出面。」

山沖和我們的年紀只差了大約十歲……

這時，插撥的鈴聲忽然響起。

「有電話來了。」

「接吧！如果是山沖，好好問出一切。我先掛斷。」

「我知道。」說完，我按下通話鈕。

胡言譫語怪獸的聲音傳出：「你好。」

5

「打電話給火村卻一直都在通話中，眞是愚蠢的傢伙。在現在這種時代，沒有使用電話答錄機或有插撥功能的電話，簡直就是原始人嘛！」

雖然有些不滿，卻不像眞的在生氣。

我重新握好話筒：「山沖先生吧！你在哪裡打的電話？」

我凝神靜聽話筒另一端的背景聲音。好像是某種大型機械正在高速運轉的聲音——相當耳熟的聲音。

「你猜猜看吧！」

我在心中叫著：別再嘲弄大人了！

「你是使用行動電話吧？」

「那是最方便的東西。孩提時代，我第二想要的東西就是無線電，現在彷彿夢想已實現。那麼，我在什麼地方呢？」

「這有一點難猜。如果是從熊本搭飛機很快就能抵達漢城。你有打算搭今夜的『那霸』回來嗎？爲了觀測後天黎明的土星。」

「我有點不明白你在說些什麼，有栖川先生。」語氣沒有動搖，也不像喜悅。或許是在力持鎭定吧？

「我解開了訊息，至少該誇獎我幾句吧？」

「沒有什麼訊息，我只是……」

通話忽然中斷，似乎是被切斷的，所以我也只好掛斷，然後跑到書房拿起行動電話，撥給火村。

「山沖打來的，但中途就掛了。」我迅速說出剛才通話的內容：「或許馬上又會打來，你要一起聽嗎？」

「也好，你放大音量，同時進行錄音。」

「知道了！」

我就這樣靜靜等待，可是，五分鐘過後，對方還是沒再打來。照理說，正想說些什麼時，不應該會……

「有栖。」左手拿著的行動電話傳來火村的聲音。「山沖說『孩提時代，我第二想要的東西就是無線電』，那麼，第一想要的是什麼呢？」

「你這是在打發時間？」

「當然不是，因爲對方是說話語焉不詳的傢伙，所以我才在推敲，雖說是你先提及與無線電有關的行動電話。」

「天文望遠鏡。」

「那也沒什麼，孩提時代我也有過一段渴慕無線電的時期。火村教授最想要的又是什麼？」

我忍不住笑了，居然會喜歡那樣的東西。

「山沖或許和我一樣也不一定。」

「是因爲個性同樣扭曲的人興趣也會一致？」我揶揄他。

但是，火村的語氣非常嚴肅：「就算在電視或報章雜誌上讀到土星之環後天會消失的消息，但會說出潘朵拉這個名稱，應該不會只有普通興趣，因爲那是『天文迷今年最熱的話題』。」

或許是這樣，可是，那又如何？正當我開始不耐煩的時候，胡言譫語的怪獸第三次打來電話。我立刻按下錄音和擴音鍵。

「天文迷的山沖先生，久等了。」我說。

對方哼了一聲。可以聽到和方才同樣的聲音。或許這個聲音……

「你從電車上打來的？」

山沖並未直接回答，只是說：「你猜呢？」

「原來如此，因爲列車進入隧道才斷訊。如果答案正確，至少也該說一聲吧！」

「作家先生，不要自以爲了不起。」

「沒什麼好生氣的，不是嗎？」

「我說過了，不要自以爲了不起。如果你知道了一切，就試著阻止我啊！你明明辦不到，只會講大話，笨蛋。你一定打過電話給火村吧？」

對方又開始亢奮了。火村應該有聽到我們的對話，會不會有什麼話想說呢？我把左手的行動電話拿至耳邊，但火村連哼一聲也沒有。

「你的手錶慢了。」胡言譫語的怪獸用像是擠出來的聲音說。

是我聽過的台詞。

「火村的手錶好像也慢了，不過，你的準確嗎？」

「我的是稍快一些。」停頓片刻，他的聲調轉爲愉快：「可是卻也逐漸慢了，很快就要到達快與慢的交界，很快，只有在交會的瞬間才會完全準確。」

我不知該如何反應。

「正確的時間逐漸接近。雖然還是稍快，卻已到了極限，馬上就要完全準確，然後開始轉慢。」

左邊耳朵傳入火村的聲音。「有栖，你聽清楚。」

右耳傳入胡言譫語的怪獸的聲音：「我的手錶也已經慢了，和你一樣，開始一點一點地慢了。」左右的聲音同時響著。

「你叫山沖打電話給我，一定要讓他打給我，然後你帶著行動電話立刻趕往新大阪車站，以最快的速度，現在就去！」

「我厭倦再跟你們耗下去了，再見了！接下來你好好注意新聞，我會幹出一樁大快人心的事。」

「二十分鐘內趕到新大阪，之後我會打電話向你說明。別多說了，馬上出門。」

「掰掰了！我不會讓任何人阻饒我，不管是誰，都給我等著瞧。」

「等一下！」我制止胡言譫語的怪獸：「打電話給火村，這次一定能打通，我向你保證。你絕對要打電話給他！」

我大叫之後掛斷電話，然後對火村說：「我立刻就出門。」

我讓行動電話保持暢通，連外套也沒穿就衝出門。以常理來說，要在二十分鐘內從我在夕陽丘的公寓趕到新大阪實在是無理的要求，但也只有盡力試試了。我跑下地下停車場，迅速啓動「青鳥」引擎，往北衝向谷町街道。前方的號誌燈每每在我的車子接近時，都於最佳時機轉為綠燈，這讓我心裡發毛，似乎是一年一度的幸運全在這時降臨到我身上，我花十分鐘就到了梅田新道。

放在一旁的電話響了。很巧地，我正好在等紅燈，可以從容接聽。儘管駕駛中接電話是不該有的行為，但事態緊急，這也是不得已的。

「我正朝著新大阪前進，能否來得及還是個未知數。胡言譫語的怪獸打給你了？」

「打了。你必須在五點四十七分以前進入新幹線第二十月台。」

燈號轉綠，我踩下油門後，嘆氣：「光是要趕到車站都很困難了，何況到了車站後，進入月台還需要五分鐘。」

「沒什麼事情是辦不到的！不必買月台票了，直接丟一千圓通過剪票口。」

用講的當然簡單。沒什麼事情辦不到的？

「山沖在五點四十七分進站的列車上？」

「沒錯。」

「你怎麼知道？」

「他說『正確的時間逐漸接近』、『過了界限，馬上就要完全準確，然後開始轉慢』，我從中得到了靈感。他在暗示自己所在的位置。」

「我不明白所謂的界限。」

危險！

我冷汗直冒地連續超越了兩輛車，左手邊掠過梅田的高樓群。

「理論上來說，能說自己手錶完全準確的場所有限，亦即，在某條特定的經線上，手錶才會有完全準確的時間。日本的標準時間在東經一三五度上，在這條經線上有一棟著名的建築物。」

這種事不必天文迷，連小學生都知道。

「沒錯，就是明石天文台。假設我的手錶有一小時的誤差，要說這誤差是完全正確的只有站在像明石天文台這樣橫越東經一三五度線上之時。在這條線的東側，時間會比眞正時刻慢一些，若在西側，時間又會比較快。」

連聽都覺得太過複雜，但是，確實是胡言譫語的怪獸可能會使用的理論。

「那傢伙搭乘電車經過明石天文台？」

「沒錯。如果從熊本逃回來，方向也剛好正確。所謂的交界（註：拼音爲SAKAI）應是將明石（註：拼音爲AKASI）的字母重組。」

SAKAI——AKASI嗎？

「那傢伙是故意在列車接近明石才打電話的吧？之前的土星之環或其衛星之類的話可能也非即興之語，因爲，土星是時間之神克羅諾斯（Cronus）掌管的星球。」

這種事以後再聽就可以。

「但是，只靠這些沒辦法確定他所搭乘的列車吧！他告訴你的？」

「不！你並未聽到停車或車廂廣播的聲音對吧？這是一般當地線列車不該會有的現象，所以應該是搭乘『日光號』或『希望號』。我調查列車時刻表，發現從時間上來推斷，正好有符合條件的列車，那就是由博多開往新大阪的『日光182號』。這班列車雖然有在新神戶停靠，卻只經過西明石。他一定是從某個車站轉搭上這班列車。」

終於有稍微能讓我安心的消息了。

「新大阪如果是終點站，或許會稍微誤點。」

「機會或許只有一次，必須在那傢伙下電車時當場逮捕。這班列車是所謂的『區間日光號』，只有掛六節車廂。雖然我要他『待在新大阪別動』，但是他說『誰理你』。」

「我明白了！沒事了吧？我要飆車了。」

「沒了。一切拜託！」

我把電話丟在旁邊座位上，專心駕駛。胡言譫語的怪獸所搭乘的列車應該已經駛出新神戶車站，正穿越六甲的冗長隧道吧！而我已經過了梅田，接近淀川，馬上就到新大阪車站了。勝負就看下車後，我的腳力如何了。

沒多久就看見建築物毫無個性的新大阪車站。我抱定事後不管遭受任何責怪也沒關係的覺悟，開上通往二樓的斜坡，穿過計程車招呼站後隨即停車，在有人從背後大叫之前迅速衝進車站，自混亂的人潮中繞往左邊，直朝新幹線中央入口前進。我瞄了一眼手錶的分針，時間是四十六分，在穿過剪票口時採用了火村的建議。

「喂！」剪票員叫著。

我頭也不回地跑著。若搭乘擠滿人的電梯絕對會來不及，於是我像瀕死的驢子般氣喘吁吁地衝上階梯。

「日光182號」已經停靠在月台邊，打開了車門。我連不停冒出的汗水都沒擦，在一湧而出的乘客中搜尋山沖的身影，擔心他從東側的另一道階梯下去……忽然，我發現一張熟悉的臉孔。雖然已經一年半沒見，我仍能馬上認出他。

薄眉細眼、突出的顴骨、沒刮的鬍鬚，臉色也極差，顯得相當憔悴。左眼眼角的瘀青似乎是醉漢的拳頭所造成。

襯衫衣襬露在外面、穿牛仔褲配短靴的他好像也認出我來，停住腳步。左手提著購物袋，右手拿著行動電話。

他以略帶沙啞的憂鬱聲音說：「全身都被汗水濕透了啊！讓老頭子跑步眞是不好意思。找警察來不就行了嗎？」

「我完全沒有那種想法。」我說。

他好像很驚訝地嘆息出聲，然後按行動電話的撥號鍵，似乎打算向火村報告。但是，臉上的表情卻相當開朗，彷彿絲毫不覺遺憾。

他的視線和我交會後，對著電話說：「教授，也不知道爲什麼，我被逮捕了。雖然我本來很想配合稚內的日子敘述自己所創造的語言……」

他的左手伸入背心胸口袋摸索後，取出某樣東西。

那是一片ＭＯ（光碟）。

我呆住了。

或許我低估了胡言譫語的怪獸！他有足夠的能力在網路上散播傳染性病毒，引起一場全日本的大騷動。他遞給我的這一片ＭＯ正是裝滿災禍的——

潘朵拉的盒子。

英國庭園之謎

1

被切割成四方形的蔚藍天空在窗外展開，一、兩朵棉花狀的白雲飄浮於澄藍之中，其下橫亙著翠綠的庭園。水池中央的噴泉驟然往上噴起，彷彿朝天空射出白矢。

一張高背、感覺坐起來很舒服的椅子朝窗而置，應該是鑑賞這樣如畫般的景觀之絕佳位置吧！如果可能，我也很希望能坐在那兒，讓輕曳蕾絲窗簾而入的四月清爽微風吹拂。

「綠川隼人就是坐著死在那裡。」森下刑事用戴上白手套的手指著椅子說。

我馬上被拉回現實世界——參與殺人事件現場調查的現實世界。上來這裡之前所見到的幾張現場照片也同時在腦海中甦醒，幸好，那不是非常血腥的照片。綠川隼人的屍體悠閒的坐在椅子上，脖子略呈彎曲，感覺像正在舒適地打著盹。從照片上看來，兩眉之間呈現的傷口也不會太過淒慘。

「只是三個多小時前的事。要說椅子上還殘留著被害者的體溫是有點誇張，但……」森下的語氣裡混雜著些許亢奮。

他是大阪府警局裡以認真出名的刑事，在現場發出振奮的顫抖是常事，可是這次的事件似乎有點特別。身為推理作家，我可以瞭解他的心情，因為一抵達這裡時，我就覺得眼前的舞台背景有些令人不忍卒睹。

但是，我的朋友火村英生好像沒有這樣的感覺，仍以和平常一樣的態度環顧整個房間，頂多只是眼神比抽菸、喝咖啡時銳利了些，並未露出亢奮的樣子。他用戴著黑色絹絲手套的手拿起放在似是古董的茶几上的菸灰缸。那是厚玻璃製品，上面有吉普賽風格的雕刻。

「這是兇器嗎？上頭沾著血漬。」他喃喃自語說著，望著鋪上深紅色地毯的地板：「剛好顏色相近而較難發現，不過有滴落兩、三滴血漬。煙灰和菸蒂並無濺到血污的痕跡。」

森下以右腳踝爲軸，轉身面向火村：「我們警方認爲教授所站立的位置就是行兇現場。傭人說作爲兇器的菸灰缸本來就放在桌上。屍體被發現時，菸灰缸底部朝上，掉落在地毯上，似乎並未被使用過，沒留下任何煙灰和菸蒂。根據研判，兇手是正面朝被害者的兩眉之間，或者從稍遠的距離，以菸灰缸丢向被害者。由於正中要害，綠川幾乎是當場死亡。」

「這麼說就無法斷定兇手是否有明確的殺意了，畢竟，這個菸灰缸並沒有容易握住的突起部分，用來毆擊相當困難，很可能因爲觸手可及才拿被來用。」我是這位臨床犯罪學家火村教授的名義上助手，面對比我年輕一大截的森下刑事，試著發表自己的意見。

「是的。」今天同樣穿著亞曼尼西裝、調查一課未來希望的森下，撩高蓬亂的頭髮回答：「有栖川先生說的沒錯，綠川也許是和某人發生爭執，對方在失去理智之下一時抓起菸灰缸擲向他，卻不幸正中其兩眉之間，所以有可能並非蓄意殺人，而是傷害致死。」

「就算那樣，屍體會坐在椅子上還是很奇怪。」火村輕輕把菸灰缸放回茶几上。

他走近靠在牆壁的單邊抽屜豪華書桌，拿起筆插和桌曆看著，問森下：「屍體是上午十一點二十分被發現，當時書房裡的燈是否亮著？」

「不，關掉了。」

「這個房間面朝西南，如果是那個時間，陽光應該還沒完全照進來，而且，天氣非常晴朗，戶外應該很明亮，這麼一來，就算從庭園望向這扇窗戶，裡面光線昏暗，應該看不清楚被害者坐在椅子上的身影。」

「沒錯，的確是這樣。」可能是火村在此之前多次對事件的解決有所貢獻，森下立刻表示同意。

我心裡暗暗說著：森下，你還是太年輕了，應該自己下去庭園親眼證實才對。

「若是如此，教授，會是何種情況呢？」

火村面無笑意地回答：「很難說。」

他拉開抽屜，查看裡面的物件，然後確定垃圾筒裡空無一物後，雙手插在口袋內，站立窗畔。

我和他並肩站立，眺望這座已故的綠川隼人引以爲傲的英式庭園。儘管他有龐大財產，憑個人力量興建的庭園還是有其極限，因此它並不是一望無際般的壯觀遼闊，不過因爲山毛櫸和楠樹等巨大樹木遮擋了建地的內外邊界，所以無法猜透庭園的盡頭究竟在何處，也因此可以享受錯覺之樂，告訴自己庭園延續至那片樹林的背面。

我曾聽說，不懂英式庭園定義爲何的人，總會認爲那一定是排除一切人工佈置，完全保持自然景觀的庭園，所以讓庭園內外的界線曖昧不清應該也是設計上的重點。

有一座雖然稱不上是水榭，面積卻足以划船的水池，池畔可見到船曳警部的身影，還是那身挺著大肚腩、繫著吊帶的招牌打扮。可能因爲在庭園裡到處走動太熱了吧？他的外套脫下來掛在肩上，正和站立身旁、身穿櫻花色套裝的女性交談。

「啊，海和尙在那邊。和他交談的女性叫柿沼珠貴，是被害者以前的秘書。」

我耳邊響起森下的聲音。他似乎在我後面看著同樣事物。

所謂「海和尙」乃是頂著一顆被陽光曬得反光的禿頭警部的綽號。他手下的刑事們皆滿含敬愛地喊著這個綽號。

「這個庭園景觀眞的很美，令人心曠神怡。」我終於脫口而出：「幾乎讓人忘記這裡是泉北。」

這裡是大阪府和泉市郊區、泉北丘陵的山麓。這處庭園屬於私人宅邸，並未開放，不過電視和報章雜誌曾多次介紹過，所以我以前就知道其存在。

「是的，好像來到了英國鄉下。當然，我是沒去英國旅行過……」森下也緊張感盡失地說。

「這座庭園到底有多大呢？」雖是正用自己的眼睛看著，我還是忍不住想知道正確的數字。

「應該超過一千坪吧！」森下說。

將英式庭園以坪爲計算單位，我還是摸不著頭緒，但，卻又沒辦法換算成公頃。

「該聽聽關係人怎麼說了。」火村說。

意思是：我們又不是來觀賞庭園。

年輕刑事緊抿著唇，表情轉爲嚴肅：「應該有人已接受完偵訊，可以找來問話。這兒不太方便，還是到樓下找間適當的房間吧！對了，撞球室應該能用。」

「那就有勞你了。」火村脫下手套，放入口袋。

不錯，他並非爲了觀賞庭園而暫停大學裡的課程從京都兼程趕來，而是爲了在犯罪事件的現場追查出猶未露出眞面目的罪犯。對犯罪社會學家火村英生副教授來說，犯罪現場即是他的研究領域，接下來，他將開始進行獨特的犯罪實地考察。正因爲這樣，我才會稱他是臨床犯罪學家。

不是爲了觀賞庭園而來，確實沒錯。

只不過……

我和火村後來卻仍須在庭園裡東奔西跑。

2

火村和我跟在森下背後並肩走下樓梯。

樓梯寬度足供兩個大男人並肩走下。樓梯平台牆壁的高處嵌著彩色玻璃，是反映主人嗜好的英國國旗設計。

我們被帶進撞球室，背對著設計成格子狀的窗戶，坐在長椅般的椅子上等待。房內雖然有華麗的撞球檯，卻不像經常使用，或許只是拿來當作昂貴的裝飾品。牆壁上的黑板乾乾淨淨的，也沒有粉筆。

等了約莫五分鐘，敲門聲響起，門開了。

森下帶來一位滿頭白髮並完全遮覆住耳朵的男人，年齡大約在六十五歲上下。雖然身材矮小，但背後像是插入撞球桿般挺直地站立，顯得相當有氣度。

「這位是紺野養一先生，綠川的妹夫，曾擔任『M．榮耀』的高層職員。」

「我雖是他妹妹的丈夫。但在年齡方面，我六十七歲，綠川六十六歲。我兩年前從『M．榮耀』退休，除了擁有少數股票外，目前與『M．榮耀』毫無關連。」紺野補充森下的介紹，然後凝視著遠方：「我在三十年前和綠川的妹妹結婚，並進入『M．榮耀』。我和他一起工作了二十八年，由於只是一般高層職員，並不像他所說的是他的左右手。事實上，我也認為自己沒有那種能力。」

在此，我必須解釋一下。『M．榮耀』是在神戶至京都一帶，於都會圈發展，以食品銷售為主的超級市場，創於一九六五年，是由綠川隼人和兩位朋友合夥——三人姓名縮寫的第一個英文字母都是M——創立的公司。我的生活圈內因為沒有任何一家店面，因此平常並無光顧的機會。當然，如果在我於夕陽丘的公寓附近開設店面，我應該也不會在那裡購買日常食品吧？因為雖然稱為超市，但『M．榮耀』卻標榜著以高級商品為主，所有東西的價格都非常昂貴，我曾因為有事前往蘆屋，抱著瞭解一下的心理順便進去逛過，所以知道梗概。

裡面有齊全的珍奇進口食品，閒暇時逛逛是很有趣，但是當我想找作爲隔天午餐的食物時，卻發現連拉麵都沒有，眞的是很失望。店內似乎是不想擺售那種廉價品，不得已之下只好買了一個義大利千層麵（lasagna），店員卻用一個很大的手提袋幫我裝著，正好當天又下著雨，外面還加了一層塑膠袋，感覺相當奢侈。

但是，社會對這種店面似乎有頗大的潛在需求，『M・榮耀』在八〇年代急速成長，目前應該有三十多家連鎖店，雜誌上曾報導它的獲益率之高在流通業界拔得頭籌。不過，綠川隼人卻在去年突然辭掉公司的職務。

森下向紺野介紹我們時，他只是說了聲：「請多指教。」

好像是船曳警部事先已告訴過他：警方請來協助偵辦的犯罪學家希望與他面談，請他多方配合。

「紺野先生剛進入『M・榮耀』時，它的規模還很小吧？」火村請對方在旁邊的椅子坐下後問。

紺野優雅地併攏雙膝坐下：「當時是自助式廉價商店還很普遍的時代，只有二家店面。綠川嘴裡常說『我一定要發展連鎖企業』，可是，坦白說，我從沒想到它會成爲今天這麼大規模的企業，因爲我的夢想只是讓它成爲阪神間擁有次級規模的超市。當然，這一方面是靠他優異的商業頭腦，但另一方面也是因爲遇上了許多的好運氣，最重要的還是員工們充分理解公司的方針之後，一起努力衝刺的結果。」他緩緩咀嚼似地敘述著。

「發生什麼事讓你在兩年前退休呢？」

「當時內人和小兒相繼過世，加上我自己的身體也出了毛病，根本不可能繼續工作。妻舅告訴我『你可以放心地無限期靜養』，但我認為不應太過任性而造成他的困擾，於是毅然辭職。我自己有相當的積蓄，不用擔心往後的生活。另外，我的人生觀也有了改變，亦即領悟所謂的世事無常吧？覺得無論什麼事都很虛幻，只想獨自一人安靜地生活。抱歉，不該對年輕人講這種灰暗的話題。」自稱從人生退休的男人臉上浮現羞澀無力的微笑。

即使這樣，他那細長的眼睛在開闔之間還是閃動著相當銳利的光芒，或許在尚未退休時是個相當精明能幹的人。

「紺野先生退休一年後，綠川先生也跟著退休，其間是否有什麼樣的關連？」

「妻舅說完全沒有。坦白說，他似乎很早就決定在六十五歲退休。大家都知道他一直單身，沒有妻子兒女，所以打算在領得創業利潤後，退休賞玩自己精心設計的庭園，偶爾來個長期旅行，悠閒自適地生活，所以，雖然之前制止我退休，但其實他的內心是在抱怨『這傢伙竟比我先獲得自由』。」

「你退休後仍常與綠川先生連絡？」火村繼續淡淡詢問。

「不，我獨自一人如同隱居，因為平常沒有見面的必要。當然，偶爾也會和公司裡的人一起在這裡聚餐，彼此互相調侃『最近又蒼老了些』，維持著良好關係。現在發生這樣的事情，我並不感到悲傷，只是覺得，如果這是一場惡夢，希望能盡快清醒過來。」

如果他所說的全是事實，那我可以體會那種心情。

火村用筆搔著下巴，接著問：「綠川先生只找一位通勤的女傭幫忙，生活上不會有所不便嗎？」

「他是找了兩位女傭輪流來家裡幫忙，大致上只做些煮飯、洗衣、打掃的工作。庭園方面，除了星期六和星期天以外，都會有造景公司派園藝師傅前來整理。平常是兩個人，必要時再增加人手。」

這次發生的事件據說與園藝師傅毫無關連。

「今天有很多人聚集在這裡，請問都是些什麼人呢？」很少一面聽事件關係者說話、一面記錄的火村打開了記事本。應該是認為面對紺野時，這樣做比較能取得信任吧！

「不是今天才聚集，除了一個人以外，大家都是從昨天起就住在這裡，其中也有人來自很遠的地方。大家都是為了某個需要在這裡進行的遊戲而集合起來。」

聽起來好像是相當特殊的遊戲，不過，這可以稍後再詢問。

「昨天第一個到的人是我，然後是綠川的姪兒孔一和姪女葉月，這兩人是他哥哥的兒女。接下來是以前的秘書柿沼小姐和學生時代迄今的朋友安井先生。另一位客人久居先生今天早上才抵達。」

火村停止記錄的動作：「久居先生和綠川先生是什麼關係？」

「這我就不知道了。」紺野摸著鬢角，略帶困惑地回答。

「綠川先生沒向你介紹？」

「只說是朋友。」

「其他人是否認識他？」

「不，好像沒人認識，還有人低聲交談『這人是誰』。我想，警方或教授親自問他會比較好。」

可能確實如紺野所言吧？

火村頷首：「昨天就住在這裡的人是紺野先生、綠川孔一和葉月、柿沼小姐、安井先生五人，今天早上到達的是久居先生，總共邀請六位客人？」

「是的。不過，若是參加遊戲者，還得加入本來就暫住這裡的中室先生，合計七人。」

火村記下姓名後，用筆敲著記事本：「那位中室先生與綠川先生是何種關係？」

「聽說是他中學時代的恩師之子，已經在這裡住了約兩個月，或許可以稱他爲長期滯留的客人。他曾對我們介紹說對方是詩人，但，至今我仍不知是眞是假。」

紺野的意思是：詳細情形請詢問本人。

火村重新拿好記事本，翹起二郎腿：「聽警方說，這次的聚會是爲了某個有點奇怪的目的。能請你說明嗎？」

紺野雙手交握膝上：「你說的奇怪目的，我是到這裡以後才聽他說的，應該算是一種娛樂吧。綠川提議『大家來玩尋寶遊戲吧』，我雖然不喜歡這種小孩子般的遊戲，但是，他從以前就愛想些新的餘興節目，所以也只好苦笑，告訴自己『啊，又來了』。」

「那是在什麼情況下提起的？」

「今天早餐的餐桌上。他昨晚就說正在構思某種遊戲，想不到竟是尋寶遊戲，而且也沒說明寶物是什麼就要大家開始尋找，只略略提及絕對是具有相當價值的獎品。我提不太起勁，畢竟我一向是沒什麼欲望的人，不過，年輕的孔一和柿沼他們卻非常興奮。」

「當時久居先生也到了？」

「沒有，他是在我們吃過早餐後才抵達。關於尋寶遊戲，也不知道他是到這裡後才聽綠川提起，或是事先就知道這件事而專程前來。遊戲開始後，他就一副很理所當然似地參加。」

這是個令人在意的事實。久居的事有疑點存在，但更讓我感興趣的是尋寶遊戲的內容。

「如果只是提出『大家去尋找寶物』，就不能算是遊戲了。應該有依照某種原則進行吧？」

「暗號。已經全部交給刑事先生了……」紺野說。

森下摸索西裝內袋，取出折成四折的紙說：「就是這個。」

紺野對此開始說明：「早餐後，所有人都分配到意義不明的暗號。啊，抱歉，當然是意義不明才叫暗號。這是我當時拿到的，綠川說『只要能解讀，就可以知道寶物藏在何處』。」

火村接過，攤開。

我也伸出脖子一起看著。

3

孔一和葉月的五官輪廓非常相似，如此酷似的兄妹臉孔應該很少見吧！不管是圓潤的臉頰或下顎的弧度完全一模一樣，令人看了忍不住微笑。外人雖然無法窺知兄妹之間何人滿意自己的容貌，但是感覺上孔一好像偏女性化一些。哥哥穿運動服搭配連身帽外套，妹妹穿牛仔裝，都是很隨性的打扮。因爲椅子不夠，所以穿亞曼尼西裝的森下刑事垂下雙腿坐在撞球檯上，一手插在西裝褲口袋裡，顯得相當瀟灑。他如果再具備不尋常的明晰頭腦，絕對可以成爲刑事劇的最佳主角。

這對兄妹連說話的輕聲細語都非常神似。

「叔叔從以前就愛做一些捉弄別人的事情。小學時，我就曾爲了找聖誕禮物而在家裡團團轉。」

二十一歲的哥哥說。

二十歲的妹妹補充：「他最愛玩文字遊戲。先是說『回房間檢查枕頭底下』，跑回房間一看，枕頭下卻放著一張紙條『看看廚房的紅茶罐子底下』，照紙條指示做了，這回卻是『掀開書桌地毯邊緣看看』等等。一開始雖然會高興地跑來跑去，但紙條的數量增加到十五張、十六張時，就已經覺得厭煩了。」

「結果，找了二十幾個地方，對不？」

「花了超過一個小時，整個人都累壞了。」

兄妹倆互相對望。

火村撫著少年白的前額頭髮問：「我想，今天早上也是要你們做類似的事吧？只不過給你們的是暗號。」

兩張臉同時頷首。

「因爲這次並不是以小學生爲對象。沒有『去看看花瓶底下』之類的指示，而是很難解的謎題。我覺得很無趣，心想『還是這麼愛把別人耍得團團轉』。」孔一說。

「可是，遊戲開始後倒是相當有意思。」

「還好啦！我承認自己很熱中。」

剛才紺野也說過，一開始覺得可笑，不過實際進行後卻相當有趣。

人類一旦遇上謎題是很難抗拒的，所以推理小說才能充斥書店架上，我也才能賴以維生。

「分給大家暗號的時間……」火村拿出紺野交出的暗號：「是在早餐後，久居先生到達時，所以應該是在九點過後。宣布開始進行尋寶遊戲是什麼時候？」

兩人回答，是在拿到暗號之後馬上開始。正確來說，應該是在九點十分左右。雖無時間限制，但若正午之前沒有結果，吃過午餐後，下午一點再繼續。如果到太陽下山時還是沒人找到寶物，那就算無人獲勝——當時有說明這樣的規則。

這時，撞球檯上的森下提出問題：「沒說明寶物是什麼而進行遊戲雖有另一番樂趣，可是也缺乏動力，參加者之中應該有人表示無法認眞玩遊戲吧？」

兄妹再度對望一眼。

「嗯，應該是有。」

「像安井先生應該只是看叔叔面子而參加。」

「也許吧！中室先生呢？他好像在發牢騷，嘴裡不斷嘀嘀咕咕。」

「那位詩人先生不是一直都這樣嗎？我想，他心裡一定覺得很有趣，只是嘴上不說而已。」

「他在裝模作樣？」

「即使遊戲本身很無聊，但畢竟是尋寶呀！對寫的詩沒人要看，毫無收入的他而言，搞不好很拚命地想找到寶物呢！你看，他不是把暗號攤開在涼亭的圓桌上，絞盡腦汁思索嗎？」

「所謂的暗號等於是文字遊戲，身爲擅用文字的詩人，當然想保住自尊了。」

「還有，柿沼小姐也出乎意料地認眞呢！」

「她還打開後面焚化爐的蓋子來看呢！我躲在旁邊看，心想『不簡單，如果眞的藏在那裡一定會讓人大吃一驚』。還好她沒猜對。」

「紺野先生呢？」

「他在樹林裡徘徊，所以並沒看到他。不過，那位姓久居的倒是相當用心尋找。」

聽了他們兄妹的推測，結果也沒什麼實質幫助。從兩人對話中可知，似乎沒有人一開始就拒絕參加遊戲，不知是基於成人的禮貌呢？或是對綠川隼人有所顧忌？不管怎樣，每人皆有自己的原因吧！

「大概每個人都很認眞吧？畢竟都說了是寶物，總是會在意的。當然，是沒人兩眼充血啦！」

「我們不是爲了拿到獎品。」

「純粹是在玩遊戲。」

很可能眞是這樣吧！聽這對大學生兄妹的講話方式，與其說他們稚氣，不如說他們還是十足的小孩心性。火村副教授平常都是面對衆多這種學生授課吧！

火村提出另外的問題：「遊戲開始後，衆人都到庭院開始尋寶，一直進行到十一點二十分安井發現屍體爲止。在這兩個多小時的時間裡，你們有注意到什麼嗎？譬如，誰掌握了解讀暗號的線索？或是誰有較可疑的舉止等等。」

兩兄妹又互望一眼，

我眞想大聲對他們說：都參加過成人儀式了，自己也該好好地用一下頭腦吧！

「沒有。妳覺得呢？」

「這就……」

不久，兩人異口同聲回答：「不知道。」

不知道也無所謂。

「這麼說，上午的兩個多小時過後，仍無人能解讀暗號？」

「畢竟那是很困難的題目呀！」孔一抗議似地說。

「沒錯。」火村表示同感：「的確很困難。對了，你們是在什麼的狀況下聽說綠川隼人遇害？」

兩人互相補述的內容如下——

被完全不解的暗號捉弄了兩個多小時，兩人都累垮了。後來想到，就算無法解讀，只要能發現叔叔在哪裡動了手腳的痕跡也一樣，所以開始在庭園內搜尋。然後，當他們在涼亭休息，說著「好渴」時，忽然聽到安井喊「喂，糟糕啦！快來人！」。孔一重現當時聽到的聲音，可能是因爲朝著寬闊的庭園叫喊，尾音拖得很長，是不太令人覺得慌亂的聲音。兩人一定又是互相對望說「怎麼啦」、「怎麼回事」吧！然後，兩人也沒跑步，只是稍微加快步伐折回宅邸，看到安井在二樓的書房窗口揮手。柿沼珠貴站在窗戶下方問「到底怎麼了」，安井回答「綠川死了」，因此全部的人都跑上書房，目睹了慘狀。

「想不到叔叔會被人殺害。」孔一悄然：「若是仍在商場上，或許是會與人結怨吧？因爲叔叔脾氣急躁，很有可能會出口傷人，個性也多少有點陰險。可是，都已經退休一年了，到底有誰會殺害他呢？我眞不明白。」

「說不定與金錢糾紛有關。」森下把玩著球檯上的紅球，淡淡說。

死者的姪兒和姪女似乎無法否認這點，卻也想不出什麼眉目。

「我們只是每年從東京來拜訪叔叔幾次，不太瞭解詳情。這次也是趁著放連假來玩，算是循例拜訪。當然，有這麼多客人的情況很罕見。」

「關於具有殺害叔叔的動機的人，我認為最好問問看紺野先生和柿沼小姐，或是暫住這裡的中室先生也可以。」

「還有女傭和照顧庭園的人。」

兩人的態度看起來相當配合。

不過，他們也坦白說並非因為想念叔叔而前來拜訪。

「是為了庭園。」

「我們非常喜歡這個庭園。」

4

沒有星星的夜晚
染成血紅色的拂曉
只聽到　輕柔的華爾滋和波爾卡舞曲

很快將要不知道一切了
乖巧嫻淑的女孩
忽然　凝視著被朝露濡濕的小舟

可憐的吉普賽人
與年老的盲女向東而行
與在希臘習得的弦琴一同起舞

弦月和煙管在藍天底下游動
縮著翅膀的丘比特
在大地投下暗影　踉蹌飛行

細長睫毛令人印象深刻，她的側臉非常迷人，連俯首的角度都很漂亮。

我正看得入迷時，她忽然抬起臉來。

「刑事先生說『借給我』，所以我把暗號交給他，本以爲可以不必再看到了……我讀過好幾次，每次都只有感到頭痛。我一向最拙於面對的就是這種有如象徵詩的東西。」柿沼珠貴彷彿眞的感到頭痛似的伸手摸著額頭。

我想告訴她，這種想法很正常，喜歡這種詩的人絕對是變態，但卻忍住不開口，畢竟，批判自己不懂的東西，事後常會自討苦吃。

綠川隼人以前的秘書緊抿著唇，把寫著暗號的紙條還給火村。

「這不是象徵詩，而是所謂的暗號。」副教授說。

她嘆息出聲：「那更糟糕。若是象徵詩還可以推說『我不懂』，但是被告知『不，這具有某種意義』，我就更沮喪了。」

「原來如此。或許真的是這樣吧……對了，暫住這裡的中室先生是位詩人，關於這個，他沒表示什麼嗎？」

「他只是微笑，並沒說什麼……」

火村掏出駱駝牌香菸問：「介意我抽菸嗎？」

「請便。反正你在下風處。」她回答。

「那我就趁風向未變之前趕快抽吧！」

我們坐在池畔的長椅上。噴泉反射陽光，綻出美麗輝采，是讓人想提著裝滿三明治的籃子前來野餐的最佳場所。

「聽說妳已經辭掉『M．榮耀』的工作？」火村將話題從暗號上移開。

「是的，去年年底辭職，現任職於朋友經營的人力仲介公司。換工作是因爲朋友強烈要求『我需要借重妳的能力』。雖然對先前的公司並無不滿，但……應該說也沒有所謂的忠誠心吧！」

「妳擔任綠川先生的秘書很久了？」

「五年多。在那之前做了兩年總務的工作。」

她在自我介紹時曾說今年二十九歲。大概是大學畢業後隨即進入『M．榮耀』上班。

「綠川先生和妳都已離開公司，不過還有保持連絡吧？因爲他還邀妳來家裡作客。」

「算得上是『保持連絡』嗎……我說明一下這次接受邀請的始末好了。我今年元旦時寄了賀卡給總經理，不，是綠川先生，我在賀卡上寫著『我目前已離職，在職期間承蒙您多方照顧了』，同時還寫上『我知道您正在美麗庭園的環繞下過著愉快的生活，眞希望能在電視上見過的那種庭園裡散步一次』。坦白說，那只是一種恭維，主要是爲了讓對方高興。想不到綠川先生卻很體貼，回信說『等春天來臨，歡迎妳來玩』。我本來以爲那只是社交辭令，沒想到卻在三月底收到他的邀請函，說是『若在這時提出邀請，妳應該尚未決定黃金假期的行程吧』，我一想到這是自己提出的，若是拒絕未免失禮，何況我對英式庭園也有興趣，於是應邀前來。」

她口齒清晰的說明，讓人覺得她在工作方面一定相當有才華。但也因敘述過於流暢，能清楚推知其意爲「我會來這裡並沒有特殊理由，只是因爲無法推拒，請你們不要誤會」。

其實，她不說我也明白，畢竟她是和這麼多人一起被邀請前來。

「妳跟著綠川先生五年，對他的爲人有什麼樣的印象？」

「他在工作方面非常嚴厲，是對自己或他人都很嚴格的類型。我也受過他相當的磨練。」

「也是會與人發生衝突的類型？」

「不，這樣說有語病，正確的說法是，他在工作方面毫不妥協，也不怕與人發生衝突。可是，我想應該沒有和任何人互相憎恨，因爲，他嚴厲的態度只針對工作。」

「他的個性爽朗嗎？」

「似乎也不是爽朗的個性……」

他在我腦海裡的「執拗、囉唆的男人」之印象增幅了，同時也想起孔一說的「喜歡捉弄別人」。這不是個適合當別人上司的人！

可能是看出對方不想批評已故的上司吧！火村改變話題：「關於尋寶遊戲，妳事前有聽說過什麼嗎？」

「沒有，我在今天早上才知道。或許是想當作送給客人的禮物吧！但是，坦白說，這卻造成我些許困擾，因爲我本來打算吃過午餐後就告辭，結果卻得留到天黑……我的個性一向是受人招待時，即使是在交情很好的朋友家，還是會覺得坐立難安，所以一心一意地想盡快回家。」

一隻紋白蝶翩翩飛來，在她的胸前飄舞，櫻花色的套裝映上白色蝶影，眞是漂亮極了。但是，她似乎太專注於回答火村的問題，並沒有注意到牠。

瞄了手錶一眼，她說：「已經四點了。警方說事後還得確認筆錄，暫時還不能離開。」

副教授表示同情後，改變詢問方向：「妳對寶物毫不關心？」

「綠川先生只說是『寶物』，並沒說是什麼東西，所以我不會心動。再說，我也沒有眞正想要的東西。」

「妳什麼也不想要？」

「不，不是這樣……因爲，就算解開暗號，跑到藏寶處一看，也絕不可能見到理想中的男性捧著花束站在面前。因爲，綠川先生說過『寶物昨天已經放在庭園內』，總不可能讓特別爲我找來的男性在庭園裡過夜吧？這樣也太殘忍了。」

她首度像是開玩笑地說。

「那可難講！也可能是禮品型錄或優待券。」火村說。

她的唇際浮現一抹笑意。

但，火村笑也不笑地接著說：「綠川先生說『寶物昨天已經放在庭園內』嗎？那麼，遊戲可以在昨天就開始的……沒有這樣做的原因是什麼？」

「好像是暗號還沒準備好吧！他今天早上分配寫著暗號的紙條時還說『爲了讓暗號完美，我弄到凌晨三點才完成，搞得睡眠不足』。」

這表示他本來以爲暗號很輕易就能弄妥，但過程卻出乎意料地棘手。我忍不住在意起他是如何製作暗號的了。是用亂數表之類的東西，一字一字地更換成別的文字嗎？或是規則性地變更文字排列，讓人搞不清意義？

「他，」突然，火村指著我：「是推理作家。」

「我剛才已經聽說了。」

「換句話說，也就是解謎專家，不論是謎題或暗號，沒有他解不開的。靠著寫解謎小說吃飯，這也是理所當然。」

幹嘛！什麼跟什麼啊！別講一些有如白痴般的話！

「這位有栖川先生說這個暗號莫名其妙，想解讀是非常困難的事。既然連專家都這樣說了，就更不可能要求一般外行人來解讀了。事實上，你們連解讀的線頭都找不到，對吧？」

「是的，正是這樣。」

「無人能解開謎底，然後最終由出題者獲勝，這或許好玩，但會讓所有挑戰者都覺得沒面子，反而更無趣，因此，站在綠川先生的立場，他會認爲給予某種暗示會比較好也沒什麼不可思議的吧！雖然紺野先生、孔一先生和葉月小姐都說毫無暗示，不過，綠川先生眞的沒說出什麼暗示解讀方法的話嗎？」

「這，我不記得……」

「聽你這樣說……」

安井甫摸著肌肉鬆弛的臉頰，蹙起眉，也不知道是否因爲搜尋記憶讓他感受到肉體的痛苦，他就這樣沉默不語。

5

火村和我耐心地等待著。

我們漫步在枹樹林間的人行步道，聽著安井述說各種事。坐在池畔長椅上沐浴著陽光雖然舒服，但一走進樹蔭底下，空氣轉爲陰涼帶著濕氣也令人非常愉快。如果能早晚置身於這種庭園裡中，我應該可以寫出更好、更好的小說。

「沒錯、沒錯，是有說出類似暗示的話。我說『上面寫著相當困難的漢字，能將它當成暗示思考嗎』，他回答『不，沒必要在意文字使用的這種細節，最重要的是仔細閱讀文章』。還有……」

他臉上再度浮現小腿骨被踹到似的痛苦表情。他是進口車商，我能想像，當客戶提出無理的要求時，他一定也是這樣的表情吧！

「當我抱怨『讀了也只覺得支離破碎，完全搞不懂』，他說『那樣漫不經心地看著是不可能會懂的，要有能洞悉紙背的眼力。如果沒有閱讀字裡行間，找不到隱藏的文字』，然後露出微笑，是那種令人不太愉快的微笑。感覺上，好像是在暗示什麼。」

不必考慮文字的使用的確是一種暗示，但是所謂洞悉紙背的眼力、閱讀字裡行間，只不過是說必須熟讀暗號而已，寫著暗號內容的紙背或字裡行間的留白處應該不可能動過手腳吧！

我取出火村交給我保管的紙條檢查，還是沒發現有什麼異樣，就算透過光線看著，或以火燻考，結果應該也是相同，總不可能是浸泡在某種特殊溶液裡就會浮現答案吧！因為，以餘興節目而言，那太過專業了，不可能會有人能解答得出來。但是為了預防萬一，刑事們一定保管了所有人的暗號紙條吧！

「我雖然覺得可笑，仍進行了各種嘗試，像是固定跳過幾個字閱讀、從右到左或從左到右取每行的首字或尾字橫著看、只挑漢字詞彙的第一個字閱讀等等，卻還是無法解開暗號，也找不出有什麼意義的內容。有栖川先生……我沒叫錯吧？聽說你是專業的推理作家，以暗號來說，這算不錯的暗號嗎？」

嘿，這次是證人基於「你是推理作家」而尋求意見。

「我沒有評斷這種事的資格，因為，我連如何才能解讀都不知道。所謂的推理作家乃是不具實用性質的一種人。」我邊說，邊反省自己未免卑屈過頭了。

但是，安井甫卻佩服地說：「哦，是嗎？也難怪綠川會自信滿滿了。然而，沒留下答案總是個麻煩，畢竟寶物是什麼？如何藏起？又是藏在何處？這些與事件的解決或許會有關連也不一定。沒留下答案就死了，直到最後還是個粗心大意的傢伙。」

他的表情陰鬱，能發現在責怪綠川是「粗心大意的傢伙」的背面滿含著深刻的悔恨。他和綠川進入高中後就交往迄今，已經有五十多年的交情了，內心的悲傷——前提是如果他不是兇手——絕對是語言無法形容的強烈吧！

「他有過粗心大意的地方嗎？」火村抓住對方的話中話。

「只知道綠川是個精明企業家的人，可能會反駁『絕對沒這回事』吧？但是，我可是從十幾歲起就和他一塊長大，目睹了他無數的糗事。數學是他的強項，在考慮事情時當然會非常緻密周詳，但他卻經常在其他地方鬧笑話，最簡單的例子是，他雖然經常在困難的幾何考試拿到滿分，卻老是忘記在答案紙寫上姓名；或是嘔心瀝血地寫了封文情並茂的情書，卻在交給對方之前遺落在走廊，被人拾獲後在班上傳閱之類的糗事。反正，認識的時間愈長，愈看清了彼此的優缺點，在粗心大意方面，他可是數一數二的。或許，反應快、行動力一流的男人，都意外地會有這樣一面吧！」

「來到這裡以後，我也有一項發現。」

我完全猜不透火村想說什麼。

安井也露出訝異的神情問：「是什麼樣的發現？」

「也不是很嚴重的事，不過，綠川的確還是疏忽了。他似乎對英國很著迷？」

「是的。」安井頷首：「我曾笑他是個『英國迷』。正因爲這樣，他才會投入大筆資金建造這個英式庭園，不過他究竟著迷到何種程度就無從得知了。他雖然喜歡英式庭園和紅茶、英國設計的西裝和外套，卻又未深入至醉心於英國文學和純粹的英國生活方式，只停留在『英國迷』的層次。」

「可是，喜歡英國絕對沒錯吧？聽說每年都會去英國一趟。」

「不錯，他總是找藉口——譬如平等與自由、馬克思和史賓塞之類——前往英國考察，也常送我蘇格蘭威士忌。不過，那又如何？」

「樓梯平台東側鑲嵌著美麗的英國國旗，是『英國迷』最喜歡的英國邦聯國旗，但，那個圖案是錯的。綠川的個性不太柔和，如果發現，一定不會原諒設計者。」

「有什麼錯誤呢？」安井問。

我也沒有注意到，只記得是英國邦聯的國旗。

「當然一定是施工業者搞錯。但是，如果綠川眞的對英國著迷就應該會馬上發現，憤怒地要求更正。亦即，玻璃的正反面鑲嵌錯誤。」

我無法理解火村的話。英國邦聯國旗是設計成紅色垂直交叉的十字加上紅色交叉對角線的十字，不是和日本國旗一樣，不分正反面嗎？

安井首先提出疑問：「火村先生，可以請你說明嗎？玻璃或許有正反面之分，但英國國旗有正反面之分嗎？」

「有。」火村很肯定地回答：「邦聯國旗沒有上下之分，倒過來也是相同，但是，如果在中線對折卻不會重疊。還有，你們知道邦聯國旗使用幾種顏色嗎？」

「應該是深藍色和紅色兩種吧？」我回答。

「是深藍色、紅色和白色。」火村在記事本上快速畫出國旗圖案：「你看，有栖。邦聯國旗並非是以深藍色爲底畫上垂直十字和交叉的對角線，而是在深藍色上先畫白線，再畫紅線於其上。而且，紅色的對角線並不是畫在白線正中央，而是有著如此偏移（請參照附圖）。所以，如果將日本國旗鑲嵌於玻璃上，的確是沒有正反之分，可是，英國國旗就必須特別注意了。」

「啊，原來如此。」安井的語氣轉爲沉痛：「是那傢伙有可能發生的疏忽，當然，或許也因爲他有這樣的毛病，我們才會持續交往迄今，不會因爲敬畏而疏離。」

「有人說綠川的個性陰險、暴躁。」

那是孔一或葉月所說。

安井露出稍許困惑：「這種說法……應該是說他具有雙重性格吧？」

穿過樹林，可以看見剛剛聽柿沼珠貴陳述的長椅就在水池對面。以直線計算的話，從這裡到宅邸的玄關約莫五十公尺，但是小徑卻曲折蜿蜒地延續至不同向的西側。由於起伏平緩，從這兒開始又能充分享受另一段散步樂趣。

望向東邊，小丘陵上有一片茂密的柏樹林，從樹縫間能見到涼亭。船曳警部可能在該處設置野外專案小組總部吧？幾位刑事正圍著他的禿頭。

安井的腳忽然停住了，凝視著宅邸方向。

「書房內有人！」

他似乎望著發現屍體的房間。的確，有人影晃動。

「應該是刑事吧！」火村用手遮在眉頭上方：「從庭園望向書房內，並看不見坐在椅子上的綠川屍體。不只是因爲太暗，角度也不太對，因此，安井先生如果不上去書房，在吃午飯之前，屍體一定不會被發現。」

「但是還是救不活吧！我發現時，他早就已經死了。聽警部說，他是在十一點遭人殺害。」

行兇時刻被推定爲十點半至十一點之間。進行驗屍是在正午之前，依照驗屍的結果，綠川已經死亡一至三小時。後來知道被害者十點半曾在庭園出現向大家打招呼，所以推定爲上述的時間帶。

「我再請教一次，你並非有事找綠川才去書房？」火村望著遠方的窗戶，問安井。

「不錯，我只是去查東西。我認爲希臘、丘比特之類的名詞可能具有特殊意義，所以想查一下百科全書，而且我也是查過以後才知道，所謂的弦琴（註：Irish Bouzouki）是希臘的樂器。因爲和綠川認識多年，所以我毫不猶豫地前往書房。」

安井的視線從窗戶移開，無意識似地凝視一旁的石榴樹枝。

我雖然不明白石榴是否適合栽種在英式庭園，不過到了夏天，其鮮紅的果實應該會替散步小徑增添色彩與芳香吧！

「因爲是面窗而坐，所以也不知道他其實已經死亡。我對他說『怎麼，原來你在這裡』、『我想借一下書』、『你坐在那裡看著大家在庭園裡盲目搜尋，很有國王的感覺吧』……等等，雖然他沒回答，我也沒放在心上，因爲他一向就不太愛搭理別人。等我查過那幾個在意的名詞後，也沒發現有什麼無特殊意義，於是走近椅子，一面問『這裡可以見到所有人嗎』，一面靠近他的臉也看向窗外，接著說『孔一他們在涼亭，應該是累壞了在休息吧』，同時望著他，這才注意到他已經死亡。事後回想起來，忍不住全身發抖。從進入書房到發現綠川的異狀，這期間應該有五分鐘吧？一想到自己和屍體單獨在一起，而且還和屍體說話，我不禁覺得自己簡直就是個白痴。」

「是很有可能沒發現他已死。我從照片中發現屍體的背影呈現非常自然的姿勢，就算注意到對方沒有搭腔，也可能會誤以爲正在打盹。」

「是這樣沒錯……」安井好像想背負起責任。

當然，無人能保證這是否爲其演技。雖不知他爲什麼必須殺害綠川隼人，不過在長期交往期間，絕對有發生激烈衝突的可能性存在。

「我再確認一次，你發現綠川出事、從窗口呼叫庭園的人後，便立刻離開書房。沒有碰觸現場的任何物件嗎？」

「我非常確定。刑事雖然問我『你沒動過地板上的菸灰缸嗎』，但是，豈只沒動過，我連菸灰缸掉在地上都不知道。可能也因爲正好被茶几腳擋住。」

「沒有叫傭人卻先叫庭園裡的人……」火村喃喃自語，似乎有點在意這件事。

「這很正常吧？因爲窗外能看到很多人，所以我大叫『糟了』。我又不知道女傭在什麼地方。你認爲我的行動不自然而且奇怪？」

火村一臉若無其事：「不，非常自然，我並沒說奇怪。那麼，你從窗口見到了參加遊戲的每一個人，他們聽見你的叫聲後全跑過來。然後你在二樓四處叫著女傭，但她卻在樓下廚房準備午餐，沒聽到你的聲音。」

「她好像把收音機開得很大聲。」

「最先跑上二樓的人是久居先生，然後是柿沼小姐，之後是孔一和葉月、紺野先生？」

「是的，稍遲而且最後趕來的是中室。」

「你說當時的情形是紺野先生和孔一確認綠川已死，然後禁止所有人進入書房，並接著報警，對吧！如果你還想到什麼事，希望你能毫無顧忌地全說出來……當時，沒有什麼人形跡可疑嗎？現場沒有人碰觸什麼物品或拿走什麼東西嗎？」

「沒有這麼沒常識的人。雖然我有可能未注意到，可是杮沼小姐和久居先生他們是站在門外望著室內的，若是有人形跡可疑，立刻就會被發現。」

「我會再問問其他人。」

「請務必要這麼做。你看，久居先生在那邊，大概是警方剛偵訊過他，一臉的無趣模樣。」

安井指著的是身材修長、穿素色西裝、正要走進黃楊木修剪出的小小迷宮的男人。

「久居先生。」

可能火村的聲音太小，對方消失在迷宮裡。

6

雖說是迷宮，卻又不像推理電影名作〈偵探〉中，一開始出現的推理作家家中庭院的那種大型迷宮，只是具有迷宮形狀的小型設計，頂多只有三層路徑，想不繞出來都很困難。即使這樣，因爲有近兩公尺高的黃楊木爲障壁，所以絕對是迷宮沒錯。就算是小型迷宮，能出現在私人庭園也是相當不簡單的。若我是這裡的主人，應該會在造園費用中挪出五成於這處迷宮之上吧？單是想像能像〈偵探〉中一樣，讓到我家的編輯叫著「有栖川先生，你在哪裡」，邊尋找置身在迷宮深處的我，心裡就很高興。

當然，如果是火村，他很可能會咒罵「那傢伙到底在哪裡」。然後有栖川先生隨即有如忍者般跳出，假裝道歉「啊，不好意思」。

算了，還是趕快回到現實吧！

「關於我的身分，綠川先生好像沒詳細介紹。方才有位紺野先生就問我『你從事甚麼行業』。」可能是對我們抱持戒心吧？久居睦實的眼神閃爍不定。粗濃的眉毛形狀很漂亮，五官輪廓勻稱，算是英俊瀟灑那一型，不過雖然二十八歲了，身上的穿著卻如中學生般邋遢，一點也不適合穿西裝。我猜他平常過的是和領帶無緣的生活，想不到卻猜錯了。

根據他的自我介紹，他是某經濟報社——雖然比不上日經報社，卻也具有相當規模——的文化版記者，絕非身分可疑之人，反倒是我這種身分才容易引起世人懷疑。

「我看起來不像新聞記者吧？」他羞澀地笑了笑：「因爲同學是小開才能進入報社，不過，我也許不太適合從事這項工作。」

知道他眞正的身分後，接下來想知道的當然是身爲經濟報社文化版記者的他，爲何會接受綠川隼人的邀請？

關於這點，久居睦實自己也不太清楚。

我們邊逛迷宮邊聽他敘述。

「綠川先生還在『M・榮耀』時，我曾見過他兩次面。第一次是爲了『工作以外，最重要的事』的專題而採訪他，內容主要是報導各業界領導者的生活趣聞。不是找那種對高爾夫球著迷，或擁有一千張爵士或古典音樂唱片之類的人，而是嚴格挑選更專注於某種興趣之人，而綠川先生是『庭園愛好者』，我就因爲這樣與他有了一面之緣。可能因爲我是個好聽衆而讓他對我頗爲欣賞。

第二次是爲了另一件事到他的公司去，兩人不期然相遇時，是他主動和我打招呼，並說若有時間可以陪他吃飯，結果被他請了晚飯和喝酒。還有就是寫過幾張明信片向他道謝之類的，因此這次接到他的邀請函，我感到非常意外。他先寫信來說『要在庭園裡進行有趣的遊戲，請務必前來』，然後是打電話邀約，還說如果方便可以過夜。但是，我星期六有工作，所以決定只參加星期天早上進行的遊戲。我住在泉之丘，開車到這裡不用二十分鐘，他可能是還記得這點才邀請我吧？不過，我還是覺得有點奇怪，他好像過度熱心……」

也就是說，綠川非常熱心地希望他參加，熱心到連受邀者自己都覺得奇怪。既然已從商界退休，應該不會是在暗示「請你在報紙上報導遊戲的經過」，那麼，會是有什麼樣的理由呢？然而，能問清眞相的人已不在這個世間。

「也就是尋寶了。不過，綠川沒有稍微透露準備了什麼獎品嗎？」雖是明知無益，我還是問了。

果然，綠川什麼都沒有告訴他，只笑著說：猜想會找到什麼東西也是一種樂趣。

我忍不住想開口詛咒了：可惡的老頭！

「正因爲這樣，造成了我被多方追問的困擾。我對綠川的私生活並不瞭解，和聚在這裡的人也是第一次見面，因此什麼都不知道，只是一起拿著暗號在庭園裡磨蹭了兩、三個小時。不僅難得的假日泡湯，還被捲入了事件之中，眞是不禁想嘆氣。可是，我對警方表示過自己與這件事無關，但他們仍不讓我離開，是懷疑我什麼嗎？雖然說待會還要我幫忙完成筆錄，但……同樣的話要我講幾遍啊？早知如此就應該帶著家人出門散心。」

身爲經濟報社文化部門的記者，當然不可能因爲置身殺人現場而去製作特別報導，所以只能嘆息著自己的不幸。

「警方並不是懷疑你，應該是將你視爲能提供最客觀證詞的人吧！因爲你和綠川先生毫無利害關係。」我安慰他。

「是這樣嗎？我和綠川先生確實是毫無恩怨，而且住家附近也沒有『M．榮耀』，從未在那裡購物——就算有，應該也不會去吧？我能發誓絕對沒什麼利害關係。不，和其他客人也毫無關連，我純粹是個外人。」他用力訴說。

事情的眞相警方自然會調查清楚，我們沒必要相信或不相信。

「那麼，請教具有『移動客觀性』的外來者久居先生。命案發生時間推定爲上午十點半至十一點之間，你是否能告訴我們這裡的人在這段時間內的行動嗎？」火村說。

「刑事先生也一再反覆問過很多次了，我只能給同樣的回答。從結論上來說，只有女傭的不在場證明能夠成立，因為在該時間帶，她一直在玄關附近打掃庭園，每個人都有看見。不過其他人的行動就無法知道了，因為大家都在尋寶，有人進入這處迷宮，有人走入樹林內，也有人在八角金盤籬牆裡繞著，沒人知道其他人到底在什麼地方。

雖然見到據稱從東京前來的綠川先生的姪兒和姪女很高興似地到處跑，但有時還是見不到人，而且，只要繞至宅邸後面，從外部就有個通往二樓的階梯，從那裡就能進入書房。

我自己當時應該在樹林邊緣的小河附近閒晃，只是不知道是十一點之前還是之後。但我記得有遇到紺野先生，互相問了『怎麼樣』、『不，毫無發現』，然後各自分開。這些，應該對事件沒什麼助益吧？」

對全部的人問了同樣的事，結果還是如此。似乎所有參加者皆有行兇的機會。

「要調查不在場證明是無所謂，可是，不會是外界潛入的人所為嗎？」久居反問火村。

「似乎沒有這樣的可能性。」火村回答：「庭園的邊緣雖是和外面的天然林銜接，不過在交界處設有柵欄，不破壞柵欄就無法進入建地內，但柵欄並沒有遭人破壞的痕跡。再者，如果從正門進入，不是會被庭園裡的誰發現，也會被正在打掃的女傭看見，可是……」

「沒有這樣的事嗎？嗯，那就令人費解了。」

我們在同一個地方繞圈子。雖然被黃楊木遮擋視界，看不見外面的景物，但根據自己的影子前、右、後、左地移動而知道我們應該是進入了9字型的死路吧！我在三叉路率先右轉，走出該處。

「這個迷宮沒有中心，只能從入口進入，從出口走出嗎？」我終於說出偏離本題的話。雖然9字型的封閉部分好像是迷宮中心，但卻被籬牆圍繞、無法進入裡面。

「好像是這樣。無法進入中心地帶嗎？那麼，可能還沒有人檢查過那裡。」久居立刻脫掉西裝外套，掛在樹枝上，向我雙手合十：「雖是很沒禮貌的要求，不過，能請你幫忙嗎？迷宮的中心或許藏著寶物……不，我並不是想要寶物，可是，如果能找到的話，也許有助於事件的調查。請你務必幫忙。」

「暗號有暗示著迷宮嗎？」我問。

「誰會知道那種東西！只要能尋獲就行了，不是嗎？暗號則可從找到的答案逆向解讀。」

「這樣太狡猾了！」

「報紙或雜誌上的迷宮遊戲，我也都喜歡從出口逆向解開。」

我們決定幫忙。火村和我交疊雙手當墊腳處，久居脫下鞋子踩著，手扶在我們的肩膀往上探，臉孔傾往籬牆對面。

「怎麼樣？」我問。

「裡面長滿雜草。咦？」說著，他探身向前，強行爬過籬牆，下去另一邊。

「有什麼發現嗎？」我隔著籬牆，問。

「不，我看錯了，什麼東西都沒有。」

火村用大姆指指著籬牆對面，似乎要我開口。

「久居先生，你打算怎麼回到這邊？」

7

搬來折疊梯救出莽撞的新聞記者後，火村和我穿越宅邸後面，走向久居所說的小河。

雖然從各方面驗證過得自關係者的說詞，但絲毫沒有任何進展，既沒發現可能對綠川抱持強烈殺意的人，也沒發現在命案發生時間內，行動特別可疑者，就像眞的在迷宮裡打轉。所以，我們期待詩人中室——正在找，卻還沒找到的人——能提供有益的情報。

我再度從口袋裡取出寫著暗號的紙條，左右腳交替往前邁進，試著讀出聲音來。

火村叼著香菸默默聽著。

「暗號有各種不同的形式，以江戶川亂步的說法來看，有置換法或代入法等等，而現在這個，我認爲應該是寓意法。」

「那是什麼？」火村雖是連心理學和法醫學都精通的臨床犯罪學家，卻不知道暗號的分類方法。

亂步在《續・幻影城》的〈詭計類別集成〉中，將各種暗號區分爲代入法、置換法、插入法、媒介法、寓意法等等。代入法是將某種記號或文字以別的文字與之相對應來製作暗號；置換法是巧妙地置換文字的排列方法，讓人無法掌握意義；插入法則是在本來的文章中依某種規則插入無用的字句，隱藏本文內容。這些應該不用舉例，大家都能瞭解吧！至於寓意法，誠如其名所示，乃是藉著特意迂迴的表現手法來掩飾本來文意。依照亂步的例示，有「日本古代的戀愛和歌、兒島高德的櫻樹之詩、西洋的謎詩等等」，也說「這種暗號毫無規則性，主要是靠機智運作而解，所以是偵探小說中最常被運用者」。

「因此，這次的暗號應該就是依照寓意法所作。在推理小說中出現的寓意法暗號，我印象最深刻的是江戶川亂步的《大金塊》。雖是寫少年偵探團如何活躍的輕鬆小品，卻出現了如下的謎樣暗號『獅子戴烏紗帽時，應該尋找山洞內的三十隻烏鴉頭上的兔子和六十隻老鼠』。」

「你還記得眞清楚呢！」火村似在諷刺。

我不以爲意：「在推理迷中，這可是非常有名的暗號，不知道這個絕對會被恥笑。若你還想聽，我順便唸一下《怪人四十面相》的暗號好了。」

「不必了！不要管別人的東西，好好利用自己有限的腦容量吧！」

我並不是特別努力去背誦，而是孩提時代讀過以後就輕鬆地記住了。

「那麼，哪裡有特別寓意呢？」

「譬如，」我邊說邊尋思：「第二段的第二行至第三行有『乖巧嫻淑的女孩，忽然，凝視著被朝露濡濕的小舟』，所謂的『乖巧嫻淑的女孩』如果是指庭園內的某樣東西，應該就是薔薇花了。在西方國家，自中世紀以來，就認爲薔薇花就是少女的象徵。」

「然後？」火村冷淡地說。

「這裡的某處應該可以找到茂盛的薔薇花叢……接著看一下『被朝露濡濕的小舟』。在這個庭園裡，要說可以讓小舟浮起的地方，應該就只有那個會噴水的池子了，不過，這裡並沒有任何小船，所以可以把小舟解釋爲噴水池。然後，假設池子附近有剛才提到的薔薇花叢，那麼，女孩凝視著小舟應該就是指從薔薇花叢往池子看過去的意思。」

雖然只是想到什麼說什麼，不過心裡仍湧出也許雖不中亦不遠矣的錯覺。

「我先保留我的感想，現在先繼續下去。」

「繼續……」我慌忙看著暗號內容：「嗯！第一段的『輕柔的華爾滋和波爾卡舞曲』似乎也暗示著什麼，令人在意。還有，彷彿馬格利特（註：Rene Magritte，1898～1967，比利時超現實主義畫家）的超現實畫作般的『弦月和煙管在藍天底下游動』或『縮著翅膀的丘比特』的印象也極端強烈，應該是具有某種含意。」

連我自己都覺得亂七八糟了。

「輕柔的華爾滋和波爾卡舞曲。」

「弦月和煙管在藍天底下游動。」

「縮著翅膀的丘比特。」

簡直是支離破碎！我伸手撫著下巴時，忽然發現一件事。嘴裡反覆唸著的「華爾滋和波爾卡」，其聲音感覺比意義更加刺耳，或許，「華爾滋和波爾卡」指的並非其意義，秘密其實是隱藏在聲音的連結上。看著暗號時，眼前浮現了「PORUTOKARU」（註：華爾滋和波卡的英文合成音）這個字，如果打上濁音，就變成「PORUTOGARU」（註：葡萄牙）了。

「葡萄牙又如何？這裡可是日本的英式庭園。」

也許重組暗示藏寶處的羅馬拼音字母就能變成現在這種瞎扯的象徵詩。雖然無從明白製作這樣的暗號需要耗費多少心力，但絕對是相當費事的，所以綠川隼人才被迫熬夜、睡眠不足。

但是，假設是這樣，想解讀一定也非常不容易，我根本沒耐性將這麼多文字重新排列組合成另外的文章，頂多只有置換每一段文字的能力。

「所謂的重新排列文字是捨棄寓意法，改成江戶川亂步的置換法嗎？」

不……

「在現階段最好不要只固定一個方向鑽研，從雙方面探討會比較有利。不過，我希望你能先告訴我你如何推測。」

「我？我正打算細讀呢！確實是有著不能釋懷之處，但仍無確切的想法浮現。」

「就算只說出不能釋懷之處也行。」

眼睛似乎被香菸的煙霧燻到，火村皺眉：「這篇暗號中，濁音和半濁音太多，這也許是解讀的關鍵。」

我看著暗號。果然沒錯，確實有這樣的情形，尤其是在第三段。

——可憐的吉普賽人

——與年老的盲女向東而行

——與在希臘習得的弦琴一同起舞

以及最後一段。

——弦月和煙管在藍天底下游動

——縮著翅膀的丘比特

——在大地投下暗影　踉蹌飛行

「絕對有問題。」火村打開隨身攜帶的菸灰缸蓋子，將菸蒂輕輕揉熄，然後拿過我手上的紙條，低聲唸著。

我仔細聽著，想發現音節是否有特殊的關連，或是哪裡有留下細膩的僞造痕跡。

忽然，前方傳來流水的聲響。

我們來到流過建地的小河邊。小河雖然僅有只要助跑就能輕鬆躍過的寬度，但卻呈S型彎曲，相當具有品味。柳枝幾乎垂至河面，風一吹，葉尖隨即輕掠水面。英式庭園和柳樹非常相襯，我去英國旅行時也常見到岸邊垂柳的風景，小說或詩中也慣見同樣的風情。

周遭是枹樹林，樹蔭濃密，雖然離日落還有一段時間，卻已相當昏暗，只有小河中央一帶反射著陽光，綻出光影，反倒讓人覺得陰森森的。

「感覺好像會有幽靈出現呢！當然，在垂柳下站著詭異身影純粹是日式的幻想，英國人應該不懂吧！」我說。

「我會問吳爾夫教授看看。」火村說。

他口中的吳爾夫是他朋友，在英都大學英文系擔任副教授的英國人。

「但是，垂柳的英文是Whipping Willow，Whip除了『啜泣』之外，也有『柳枝低垂搖晃』的意思，這是因為英國人用柳樹在啜泣來表現柳枝婆娑搖曳的情景。若要說有什麼暗示的話，或許就是表示柳樹下有幽靈。」

「嘿，開始講解起英文了嗎？跟你交談，人也會變得聰明哩！」

我重新望向啜泣的柳樹，發現搖曳的柳枝後面似有黑色岩塊。突然間，岩塊動了，同時站起。

我差一點就尖叫出聲。

「你們看起來不像是刑事，請問是？」

不是幽靈，是人。是看來約莫三十歲上下，身高大約只到我們鼻尖、身材瘦小的男人。整頭頭髮豎起，似乎是所謂的「爆炸頭」。但仔細一看，與其說那是髮型，應該只是髮質嚴重突變吧！穿著一身迷彩色的服裝，剛好形成一種保護色，所以我們完全沒注意到他蹲在那邊。

「我姓火村，他姓有栖川。我是犯罪學家，他是寫推理小說的作家。」

「啊，原來如此。我是中室莞爾，詩人。」他無趣似地說。

偶遇正在找尋的人，彼此淡漠地自我介紹。

「犯罪學家和推理作家爲什麼會在這種地方呢？若是平常，或許偶爾會有散步迷路或受到好奇心驅使前來觀看庭園的人，今天卻不可能，因爲發生了殺人事件，這裡到處都是警察。等一下，犯罪學家和推理作家……哈哈，是來研究和蒐集資料吧！總不會是電視特別節目主持人才對……」

中室踅起腳尖望著我們背後。可能是在確認有無攝影師跟著吧？

「你說的不錯，我們算是來研究和蒐集資料，同時加入警方的調查行動。」

「參加殺人事件調查的犯罪學家和推理作家嗎？簡直就像一首詩嘛！不，應該沒有這樣的詩……我真的不太清楚。」他搔著爆炸頭，而且是雙手猛抓。

「站著不像話，火村先生和有栖川先生何不一起坐下呢？」

我們坐在柳樹下。小河的水在眼前緩緩向左流。岸邊附近。女人頭髮似的水草有如唱歌般搖曳。

「不管你們爲了什麼事前來，都應該要好好欣賞過這處庭園才離開。你們繞過一圈了嗎？這裡到處都充滿無盡的情趣，我不是在說客套話，反正是不收錢的。」

「眞的很漂亮！是一般家庭庭院難以相比的規模，好像是公園一樣。」我說。

中室搖頭：「公園嗎……以規模而論，的確是這樣沒錯。不過，這種庭園與營造商領域中的現代公園是完全的兩極化。這裡有水池、緩坡、白樺樹和枹樹林。很多人都認爲造園一定會花費非常龐大的成本，但事實卻不然，儘管不是排除一切人造物、保持原來風貌的自然公園，但卻是充分地利用這裡的原有的東西，像這條小河就不是刻意從別處引來的。但……」

他豎起食指，表示接下來的話很重要。

「沒有什麼比活用大自然的英式庭園更難維持與管理的了。因爲大自然的力量非常強大，只要置之不理，庭園馬上會回歸大自然，不再是個庭園。勝負現在才要開始，但是庭園已經沒有主人了，如果無人繼承，這座庭園很快就會完蛋。對了，你們知道所謂的英式庭園如何定義嗎？」他毫不猶豫地問，但並不像在挑釁。

我雖然學識淺薄，但也不是一無所知。

「我只有粗淺的知識。與英式庭園呈現強烈對比的法式庭園，可以凡爾賽宮的庭園爲代表，乃是極盡人工裝飾之能事的庭園，籬牆修剪整齊並予以造型化，藉對稱的幾何學設計構成整座庭園。」

詩人頷首，似乎表示我的答案及格。

「那稱之爲整形庭園，是由秩序所統治的庭園。秩序與統治，這是擁有強權和龐大財富者必有的願望，對吧？所以那是十七世紀絕對君權之下的產物。」

這點我可以理解。本來，所謂的造園就有階級之分。

「相對的，英式庭園是將大自然原封不動的納入庭園內，利用不受規則束縛的創意，活用天然的森林、草地或地形起伏來造園。」

「沒錯，也就是風景庭園，也能稱爲帶來自由且悠閒之靈魂的庭園，自由與自然，這兩者能以同一個單字表現，也就是『wildness』。」

又進入英文的講解了。

「當然，法國或義大利等歐陸國家的庭園概念並不是先天上就與英國的庭園概念對立。英國人有大陸情結，曾傾盡全力地專注於整形庭園的造景，直到十八世紀以後，才轉爲古典整形庭園，這中間當然還有一段稍稍抑制人造風格的荷蘭式庭園的過渡時期。英式庭園概念的誕生可視爲是因爲絕對君權轉變成君主立憲體制。所謂的庭園就是擁有樂土的小宇宙的小宇宙，或者也能說是有慫恿幻想實現的寓意，因此，每一個時代人們的世界觀必然反映於庭園的造景。當然，若說從整形庭園轉爲風景庭園的原因只是政治體制的變化，這未免過於牽強，應該還包括風景畫的藝術潮流、英國貴族們流行前往歐洲大陸旅遊——湯瑪斯庫克的旅遊公司也是在這個時期成立——而提高對景觀的關心等因素。」

「你非常瞭解嘛！」我很佩服他流利的解釋。

「我有的是時間在書房裡學很多東西。曾經說過『在一朵花中看世界』的詩人，亞歷山大・波普

（註：Alexander Pope，1688～1744，英國文豪）的格言，如今已化身爲英國造園技術的教義，也就是『隱藏技巧』、『破壞界線』和『模仿自然』。因此，在英式庭園中，連三棵樹排列在一直線上都不可以，同時，裝飾性的剪修被認定會污穢眼睛。你們看，這庭園裡完全沒有那種東西，對吧？」

「不錯。提到人造物，只有一些長椅和涼亭，以及黃楊木的迷宮。」

「那種東西不應該存在的。」詩人像欲揮開眼前的蒼蠅般揮著手：「我不反對設置能坐下來休息的地方，英式庭園裡有涼亭並不是壞事，但卻不該是那樣平庸的設計。至於迷宮之類的幼稚設施更是沒必要。」

嘿，又不是他自己的庭園。

「在十八世紀的英國，似乎也有人無法忍受庭園內完全沒有人造之物，於是想在大自然裡加上某些東西的他們發明了新概念，就是有名的『繪畫式』美學意識，視理想的造園爲將人造庭園拉向自然，使之互相調和，創造名副其實的繪畫風景。而且是用人造廢墟或洞窟這樣的風景呈現在眼前。亦即刻意以廢墟的形式建造具有充分古典風味的神殿、修道院、橋樑，然後於此風景中置入似乎有隱士居住其中的洞窟，領受、品嚐著荒涼與無常，是與日語中的枯寂非常貼近的美學意識。

但是，拒絕法式庭園之巴洛克風格的綠川隼人卻非那種程度的浪漫主義者，結果造就了眼前這種不倫不類的庭園，也難怪人家說他雖然擁有適合建造英式庭園的土地，卻只是個『英國迷』老頭。

不管再怎麼模仿大自然，庭園終究還是人造之物，然後又在這樣的庭園內擺置了似將毀壞人造之物而形成一幅風景畫，這是種複雜的反饋美學。領悟到這種旨趣的造園者會在庭園內建造看似半毀的草屋，讓使用者裝扮成隱士，在裡面終日瞑思。或不分男女，放牧未著寸縷的使用者在庭園中居住，假扮成野蠻人或裝飾用的隱士，享受野性的樂趣。你們知道嗎？這種隱士和野蠻人在契約期間結束之前都必須居住在庭園之內，別說與他人接觸，連談話都被禁止，也不能理髮、刮鬍子、剪指甲，雖然有供應食物和水，也允許持有私人物品，但有時只能是聖經和砂漏。那樣的生活要持續好幾年是非常痛苦的，因此儘管酬勞優渥，還是常見半途逃走之人。演變至這樣的程度，庭園已變成『違反自然』，而傾向於『偏奇』的頹廢。」

「能遇上你，在有關歐洲庭園史方面眞是一大收穫。」火村說。

「那你打算付我多少錢？」中室做出假裝脫下帽子，倒過來，遞向火村的動作。「對了，火村先生，剛才聽到你邊走邊唸著奇怪的文章。雖然距離稍遠，還是聽得出是那個奇妙的暗示。」

「我是正在思索其含意。那個東西可以稱爲詩嗎？」

「別開玩笑！實在太不像詩了。南海電鐵新今宮車站的廣播都比它更像詩一萬倍。」

我不明白爲什麼特別指定該車站。

「太不像詩嗎？但是，大家都被這太不像詩的暗號玩弄於股掌間。聽說它暗示著這個庭園的某處藏有寶物，身爲詩人的你有何意見？」火村誠懇地問，卻也似想好好與奇矯的對手過招。

「我沒什麼意見，因爲那不是詩，毋寧是屬於戲作的領域。」

我憂傷地搖頭：「也不能這樣說。對我而言，象徵化的水平似乎太高了些。」

「象徵化，眞是令人笑掉大牙。」詩人加重象徵兩個字的發音：「應該沒有暗號會使用那種高級的辭令吧！之所以提出『請閱讀字裡行間』或『只讀內容絕對解不開謎底』的暗示乃是因爲那是綠川隼人自己想出來的東西，所以一定是適合小孩子的謎題。」

「適合小孩子？你能解開嗎？」我試問。但，他的回答如我所預料。

「我不擅於解謎，因爲我已經失去了童心。至於對寶物的興趣……」

「沒有嗎？」

「不，如果是和金錢有關的東西我都想要。我暫住這裡的時間有限，而且也已經厭倦過度舒適的生活，所以需要離開這裡之後的生活資金。不過，所謂的寶物不見得能輕易換成金錢，尤其是他那種具有虐待傾向的人，並不是沒有嘲弄或開玩笑的可能性存在。」

「既然稱爲寶物，應該就具有變換成金錢的可能性。當然，如果是『綠川隼人畢生創作的詩』之類主觀的寶物，大家很可能就會動怒了。」

「這就不知道了。如果是我，要得別人團團轉後，還是一定會道歉說『對不起，不好意思』。」

「你好像兩個月前就住在這裡？」火村問。

「只是暫住。」對方訂正：「綠川是曾在中學擔任國語教師的先父的學生，成爲企業家後仍常到我們在住吉的家來玩，不僅尊敬先父，對我也很疼愛。雙親去世後，他仍時常寄明信片來，在聽說我生活窮困時，就跟我說『來我家住吧』。由於我和能賺錢的勞力工作無緣，也的確是一貧如洗，總是營養失調，但是我並不以為苦。」

他表明並不感激綠川隼人。

那倒是無所謂。不過我很想問的是，年紀輕輕，看起來又健全，為什麼生活會陷入困頓？

「你說和勞動工作無緣，是只靠寫詩維生嗎？」

「我從來就沒想過要靠寫詩吃飯，詩人也是自己稱呼的，我很滿意。至於和勞動工作無緣……請別再追問了，那與我的私生活有關。」

他突然不高興了，眞是奇怪的傢伙。可能並不是與工作無緣吧！而是怠惰樂觀、好逸惡勞，因為他說詩人也是自己稱呼的，而且還很滿意，絲毫沒有自卑的樣子。

「也許你們有很多問題想問我，譬如，和綠川隼人在同一個屋簷下生活了兩個月，曾注意到什麼嗎？他的個性如何？交友關係如何？最近是否有異常的舉止？是否曾接獲寄件人不明的信件而全身發抖？或是手握話筒而汗流滿面？從昨天到今天之間，是否有過奇怪行為？有沒有和哪位客人發生過爭執？人是不是我殺的？……等等。但是，這種事問我也是白問，我不可能會有有助於解決事件的答案，也沒有什麼可以告訴你們的。

十點半至十一點之間似乎是行兇時間吧？我從十點四十分開始，在涼亭裡待了大約三十分鐘，很認眞地讀著暗號思索。安井先生和柿沼小姐經過時曾對他們打過招呼，不過那並不能視為不在場證明。後來那一對看起來像近親相姦的兄妹來了，我把涼亭讓給他們，直到聽見安井的叫聲爲止，我都躺在八角金盤樹根上，告訴自己『肚子餓扁啦』。這就是一切。」

他冷漠得令人難以接近。說完話，拾起腳邊的小石塊，有如孩童般丟向小河。

火村注視著河面問：「那麼，昨天受邀的客人到達之前，你有沒有什麼發現？綠川應該是在客人抵達之前把寶物藏在庭園的某處。你記得他曾在哪些地方徘徊嗎？」

「沒有，我什麼都不知道。我到難波買書，直到傍晚才回來，他可能是趁這段時間行動吧！他給了我零用錢，說『偶爾也該到人群裡逛一逛』，所以我才出門。現在回想起來，或許是故意要支開我。當然，我也眞的是很久沒出過門。」

「你平常都在家？」我頗在意他的日常生活。

「是的。剛剛我在述庭園史的時候也說過了吧？英式庭園的主人會在庭園裡放牧隱士或赤裸的野人，對綠川而言，或許我就是那樣的存在，雖然沒要求我善盡瞑思或如野蠻人行動的義務，卻期待我成爲詩人。我就是因爲知道這點，才會在庭園裡作詩，扮演喃喃自語、四處閒逛的藝術家角色，成爲最適合僞造的英式庭園裡的假華滋華斯（註：William Wordsworth，1770~1850，英國名詩人）。這種簡單的服務，我一向得心應手，而他也心滿意足。可是，假日終於結束了，接下來該如何是好呢？」

失去飼主的詩人再度丟擲石頭。光影散開，他莞爾笑了，可以窺見潔白漂亮的牙齒。

8

和被衾養的詩人分手，我們走向涼亭，想聽聽船曳警部的說明。但是，來到山丘下一看，沒見到警部，只有森下和鮫山副警部。

比我們年長約三歲的副警部經常對森下叨叨絮唸。

「兩位辛苦啦！警部到宅邸去了。」鮫山用手帕擦拭著眼鏡說。

他是個喜歡皺著眉頭、滿臉神經質的刑事，單看外型，會比火村還更像學者。執拗擦拭眼鏡的動作，讓人替他擔心鏡片會磨損。

「警部和關係者在一起確認筆錄。雖然有人表示不滿，問說『爲何又要問同樣的事情』，他一定還是邊解釋『這次偵訊過後就可以離開』邊進行吧？被害者在東京的姪兒姪女以及暫住這裡的中室表示他們無所謂，其他人卻不可能繼續羈留在這裡，所以先找了紺野、柿沼和安井三個人，亦即，想先離開的人先解決。」

圍繞著圓桌有四張椅子。火村和我坐在面對面坐著的刑事之間。

「有栖川先生，查出甚麼眉目了嗎？」手肘拄在桌上的森下忽然問我。

我曖昧地搖搖頭。我確實是一無所知，但，火村自從和詩人分手後，就忽然沉默下來，同時出現以食指摸著嘴唇的習慣動作，似乎已掌握某種蛛絲馬跡。

「雖然不是寬闊無際的庭園，卻因爲有森林也有丘陵，我們想找久居，卻一直找不到他人。你們有在什麼地方遇見他嗎？」

「啊，他在……」

我告訴鮫山，對方大約二十分鐘前在迷宮附近。

「是嗎？」鮫山站起來，拍了下森下肩膀：「喂，我們過去看看。或許他還在玩著寶遊戲。」

「好。」森下簡潔有力地回答後，對我們說：「待會見。」

兩位刑事一起離開了。

「火村。」目送著兩人背影，我叫著。

雙肘拄在桌上，雙手托腮的副教授望著我：「什麼事？」

「你正在分析？」

「當然啦，我們又不是來庭園散步和曬太陽。」

「告訴我你已經瞭解的部分吧？正在與暗號纏鬥嗎？」

他沒有回答，取出記事本。我以爲他是要確認已得到的證詞之內容，想不到他翻到空白頁，放在桌上。

「把暗號紙條……啊，我自己也有。」他從背心內口袋取出紙條，遞給我。

「要我保管？」我問。

「不！」他回答後，立刻在記事本上迅速寫著甚麼。

桌面相當寬，從我這邊看不見他到底寫些什麼。不過因爲信筆疾書，應該不是解讀作業吧！

不久，他停下筆：「好了。你一行一行地慢慢唸出那有如夢囈般的暗號。」

好像要開始解讀了，我滿懷期待地回答：「沒問題。」

「沒有星星的夜晚。」

我依言一個字一個字慢慢唸著。配合我的聲音，火村在記事本上寫著什麼。第一行結束時，他喊了聲停，等完成作業後，接著說：「慢慢唸第二行。」

「染成血紅色的拂曉。」

「停！」

我很想知道他到底在記事本上寫了些什麼，不過轉念一想，再忍耐也不會多久吧？於是繼續他交代我的職責。

「在大地投下暗影，踉蹌飛行」

唸完最後一句，我仍舊忍住不問「怎麼回事」，靜待火村提出解答。但，火村卻瞪著記事本，整個人像是僵住一般，並未馬上開口。話雖如此，他摸著嘴唇沉吟的時間應該不超過十秒。

「原來是這樣……」

我沒漏掉他自言自語似的聲音，開口：「解開了嗎？」

「應該吧？馬上就能確定了。」

我以爲他正在戴手套，卻發現他的身影突然從視野中消失，我不禁愣了一下。原來他是鑽進了桌子底下。我彎腰，也打算鑽下去時，他的臉已探出桌面，簡直就像被砍掉的頭顱。

「解開了！別想對犯罪學家玩這種遊戲。」

「藏放地點就在這張圓桌底下嗎？刑事們一直坐在這裡……」

「就算人們常會看遠不看近，還是有個程度的。」他把某樣東西放在桌上。

乍看之下，實在無法理解那爲何是寶物，因爲，那只是一個很尋常褐色信封。雖是有點厚度，但不像放有鈔票或珠寶。

「眞的是這個嗎？如果所謂的寶物是大阪百貨的白金卡，我會把這張桌子踢翻。」

「看了不就知道了？」

火村撕開信封，倒過封口甩著，結果掉出來出乎意料之外的東西。我看著，沉默無語。

「這就算拿去當鋪也換不了錢吧？」我諷刺地批評。

「我有同感。我不認爲綠川隼人打算用這東西讓誰換錢。」

火村也想不到會出現這樣的東西。他焦躁似地用力敲著桌子，不停反覆看著記事本上的內容。

我很想問他如何解開暗號，但我知道他的腦筋正在高速轉動中，不敢開口。

「筆記，是筆記！」突然，副教授用記事本按住額頭。

「你在說些什麼？」

「眞的需要筆記。」

簡直就是在自言自語了！他應該已經找到了破解的關鍵吧？

「喂，筆記是怎麼回事？別在那邊裝模作樣了，告訴我會有助於你的思考哦！」

「我會裝模作樣？」他把手放在胸口上：「怎麼可能！絕對需要筆記。實際上非常單純。」

令人無法置信的，火村取出駱駝牌香菸。

這種態度才眞的是裝模作樣。

9

腳步聲響起，躲在八角金盤樹叢中的我一陣緊張。但，聽到「是我」的聲音後，便站起來，撣掉沾在衣服上的泥土。

「沒有人來呢！」

火村說：「我想也是，大家都被警部帶走了。抱歉，讓你扮游擊隊員。」

「別客氣，很高興你讓我有事做。」

「如果有狗，我會找狗幫忙。」

我很想拿皮鞋打他的頭，不過他正在忙，還是原諒他好了。

「雖然不知道你去宅邸做什麼，但，有收穫嗎？」

「快有了。」

看樣子，他到現在還不打算主動說明。也好，隨便他！

「告訴過警部了？」

「當然。我讓他看了寶物，也對他說明過了，並請他告知大家我們兩人已經離開，警方的人員現在全在宅邸內……」

「亦即，讓他們認爲庭園裡面沒人？」

「舞台已經準備完成，現在就定位吧！」

我再度躲進八角金盤樹叢。火村也爬進來，躲在我旁邊。還好現在是四月，如果是酷暑或寒冬，一定會很難忍受。不，就算是這個季節，還是有樹蚊，同樣需要多少忍耐一下。

樹叢在涼亭後的緩坡上，眼睛正好與涼亭地面同高度。躲在這種地方，就算宅邸和庭園那邊有什麼動靜也完全無法知道，不過，若有人潛入涼亭，在桌底下尋找什麼，絕對可以當場目擊。就是爲了這個目的，火村才會挑選這處位置。

「對了，你尚未告訴我兇手的名字。是誰？」我低聲問。

火村的話令人意外：「不知道。」

「不知道……眞的？」

「這還用說？但是，如果有誰來到這裡，同時在桌底下搜尋，那傢伙就是兇手。」

「有誰來到這裡？等一下，這表示兇手不見得會來？」

「只能說也許會來。」

「兇手沒有解開暗號？」

「我是假設已經解開了。」

「這樣太模稜兩可了。我一直認爲你查出了兇手身分……」

「聲音太大了，安靜。只要等一個小時，如果沒人來就放棄。」

也只好陪他了。何況，在一個小時不能抽菸的情況下，火村絕對很痛苦。

我們靜靜等待。手錶的指針已經快要指向六點。太陽開始西斜，涼亭屋頂的影子不知何時已移動至我們頭頂上方。開始監視至今已過了三十分鐘。

這時。

——來了！

火村以眼神示意。

我也聽到了躡手躡足的腳步聲。但耳朵卻突然無故發癢，我急忙伸手搔抓。

先是看見某人的頭頂，不久是臉孔。出現在涼亭的人完全出乎意料之外！不，這樣說不太正確，因爲我並未預期誰是兇手。

可能因爲必須迅速完成任務吧？該人的表情透著焦躁，眼神銳利。

我們默默互相點頭示意。接下來，只要確定此人會到桌底下搜尋就夠了。對於見到此人這樣的行動，我們已決定好該怎麼做了，那就是——靜靜等待，事後再向船曳警部報告。不能只因爲對方伸手到桌下就認定其爲兇手而逮捕之！當然，如果可以這麼做，只要派刑事們埋伏就夠了。

該人蹲下，右手伸入桌底下，但並未摸索到任何東西，於是又轉爲膝蓋著地，將頭鑽進桌底下。已經無庸置疑了。

她並不是偶然來涼亭休息！現在我們的目的已達成，接下來只要目送她搞不懂爲何沒有寶物地頹喪離去就行。

我放心了，但並非鬆懈警戒。只不過是在我鼻尖的蚊蟲太過固執，我搖頭想驅趕而已。不過，我的動作應該更加謹慎才是，不該讓頭頂碰到樹梢而發出輕微聲響。

希望對方沒有聽到聲響，眞的希望！

「誰？」柿沼珠貴跳起來，反射地將臉轉向這邊。眼睛因恐懼而圓睜。

怎麼辦？我困惑著。

火村拉著我的手肘站起——再躲下去也沒用。

「很抱歉，騙妳說我們已離開，卻還留在這裡監視。我們正等著看是誰前來取寶，原來是妳。」

火村說著，走向楞在當場的她。接著說：「不坐下嗎？」

她依言而坐。由於過度順從，看起來就像被催眠一般。

我們也一起坐下。

「妳是依照暗號的指示來這裡嗎？鑽進桌底下應該沒有別的理由吧？」

柿沼珠貴立刻搖頭，似乎說不出話來。可能心跳急促、口乾舌燥吧？

「妳無法否認的。綠川的暗號所暗示的就是妳所尋找的地方。妳已經解開了吧！」

她似乎很困惑，不知道該回答「是」或「否」，良久，才低聲說：「是的。」

她可能是認爲，不這樣就無法解釋自己的行動。

「果然如此。解開後的內容呢？」

對方又再度困惑。但是，既然已回答「是」，含糊其辭反而更可疑。

「是圓桌背面。」

「我們也得到相同的結論。而，庭園中能稱爲圓桌的只有這個。不錯，妳得到的是正確答案。」

「你們先拿到了？」她以顫抖的聲音問。

副教授回答：「沒錯。貼在圓桌背面。綠川先生確實遵守了遊戲規則，只不過，所謂『寶物』的說法並不正確，因爲那只是與柿沼小姐的私生活有關的東西。」

我發現她蒼白的臉上浮現羞澀的紅暈，應該是受到強烈的羞恥所苛責吧！綠川隼人稱爲寶物、放在信封內的只是一張半裸女性的照片和底片，還有一封簡短的信。

「是什麼東西？」她以激動的聲音問。似乎不知道稱爲寶物的東西究竟爲何。

「照片和信。信的內容是『T・K閣下』，然後是『照片只有這麼一張，底片同時附上，請安心嫁給小老闆吧！祝妳幸福』，最後則是綠川隼人的簽名。照片雖然不太清楚，但仍可看出是妳。」

她的表情從驚愕轉爲羞恥，又逐漸變爲憤怒，雙肩不住微微發抖。

「我本來以爲不可能，想不到綠川眞的藏著那種東西，太過分了。若被其他客人找到該怎麼辦，一想到這裡，我就幾乎要暈倒。」

「地點好像是在City旅館的房間內，雖然不知道是在何種情況下拍攝。但應該是在妳洗髮後從浴室走出時拍的。牆上的鏡子中出現疑似綠川的男人手拿相機躲在床後的模糊影像。如果想讓誰誤會的話，這樣應該很夠了。」

「你們不是也誤解了嗎？」她還是一臉憤怒，凝視火村。

「或許吧！」

「那雖然像是暗示著我和綠川有曖昧的照片，但是我發誓，絕對沒有這回事。」

「這麼說，照片上的女性是別人？或者照片本身是某種詭計？」

「不，應該是我吧？因爲我或許眞的曾被他拍過這樣的照片。那是去年春天，我陪他到博多出差時的事。我們當然是分住不同房間，但不知道他是如何潛入我的房間，當我淋浴出來時，他已經坐在房內，笑著說『妳沒鎖門，所以我就進來了』，還說『想討論明天的行程』。雖然不像是藉口，但畢竟已是深夜，很難說他不會產生邪念，所以我立刻將他趕出房間，只是這樣而已。如果有拍了什麼奇怪的照片，一定就是在那個時候，雖然我當時心情很亂，不記得他是否帶著相機……」

對她的話，火村並未表示相信與否。

她的聲調有如噴火般激烈，讓我很想相信她。

「那一定是很不愉快的經驗吧？所以當他離開公司時，妳應該鬆了一口氣？」

「是的。」柿沼回答。

「但是，妳卻還來這裡，並不是喜歡庭園，而是半受要脅地參加遊戲吧？」

她並無反應。

火村提出另外的問題：「信上寫著『請安心嫁給小開吧』，那又是怎麼回事？」

「我最近和某位男性訂婚了，所謂的『小開』就是指對方。」

我記得今天下午曾聽過小開之類的名稱。火村讓我想起了這件事。

「妳未婚夫的父親經營某經濟報社，而久居是他的朋友？」

「是的。」

「綠川隼人掌握了一切後才挑選客人，尋寶遊戲的獎品則是足以將打算結婚的妳推落無底深淵的一張照片。這件事，綠川隼人應該只有明白告訴過妳，亦即恫嚇說『寶物就是在博多的旅館拍攝的照片，如果妳能先尋獲，事情就可以順利解決，若被別人先找到，那可就很麻煩了』。因此，妳必須拚命解讀暗號之謎。」

「是的，這個以這座英式庭園爲背景而進行的餘興節目，其目的只是那個虐待狂想捉弄我。他還笑著說知道久居先生是我未婚夫的朋友，才特別邀請他參加遊戲。這是何等殘忍啊！大家都很愉快地玩遊戲時，只有我必須擠出笑臉，拚命挽回自己的人生。」

「如果這是事實，綠川隼人眞的是個虐待狂。他可能因爲對妳抱持著扭曲的愛情與憎恨吧？」

「他不是人！」

「沒錯，是很卑鄙無恥。但，妳也不能因爲這樣就殺人。」

柿沼珠貴緊咬住下唇。她似乎將憤怒的對象投射在火村身上：「我沒有殺人！」

「不，妳殺人了。還是坦白承認吧！這樣還有酌情量刑的餘地。」

「因爲對方是虐待狂？」

「不，因爲妳殺害綠川隼人很可能是意外事故。這樁事件是預謀殺人的可能性極低，妳應該只是爲了尋找解開暗號的線索才會前往書房吧？」

正想反駁的她，嘴唇微開，愣住了。

「綠川隼人說過，他在書房裡製作暗號至凌晨三點，可見一定花了相當心血，所以妳沒自信能解開謎底。妳心想，解謎的線索留在書房的可能性很大，因爲妳熟知綠川隼人的個性，也就是說，妳認爲他完成暗號後會因爲過度疲累而上床睡覺，那麼，這位粗心大意的人很可能會忘記收拾記錄了暗號製作過程的筆記。筆記若不是攤開放在桌上，就是被撕下來丟棄在垃圾筒內。妳認爲絕對有嘗試的價值。」

她默默聽著，不說一句話。

「首先，妳去看後面的焚化爐。可能是打算如果裡面沒有，再前往書房吧！在十點半至十一點之間的某個時刻，妳偷偷爬上二樓，在書房裡找到了想要的東西。到這裡爲止，一切都如妳所計算。不過，妳沒時間高興，因爲綠川隼人發現妳作弊。到底是他怒斥妳違規，說妳『喪失資格』，所以妳勃然大怒；或者，他對妳怒斥『幹甚麼』，讓妳一時緊張過度，這點我是不清楚，反正妳隨手抓起旁邊的沉重菸灰缸丟向他，卻正中眉心。這就是事件眞相，對吧？」

柿沼珠貴雙手掩面，動也不動。但是，沒過多久，她放開手，挑戰似地昂然抬起臉來：「火村教授，你也太會想像了，你的話缺乏令人心悅誠服的根據。雖然綠川常常粗心大意，但你並沒有證據證明他把重要的筆記遺留在書房吧？」

「不！筆記確實是存在的。我自行解讀過才確定這點。沒有筆記很難作出那樣的暗號，絕對有筆記。」火村說。

她似乎屈服了，不再就這點進行追問，改變攻擊方向：「假設眞有誰爲了那個筆記而潛入書房，結果也與事件有關，那也沒證據證明那個人就是我吧！」

的確是很合理的反駁。但火村無動於衷。

「證據嗎？證據就是妳來這裡。」

「我不明白你的意思。」

「那我問妳，妳是什麼時候解開暗號？」

她說不出話了。

「無法回答嗎？」

「不……當然能回答，就在剛剛。」

「所謂的剛剛是什麼時候？」

「被要求到宅邸完成筆錄，刑事叫我在撞球室等待時，突然靈光一閃……」

「其他人也在旁邊吧？這樣妳能利用黑板作業嗎？不可能的，那裡連粉筆都沒有。妳拿到的暗號也已交給警方了，不是嗎？還是妳已經把暗號背熟了？如果是這樣，請妳背誦出來。」

「你這是惡意的詢問。在目前這種激動的情況下，怎麼可能背得出來？不過，到剛才爲止，我眞的能夠背誦。」

「妳說謊。就算妳能背誦暗號，而且靈光一閃地瞭解了解讀方法，沒有紙和筆也無法解開暗號。這點，妳自己應該非常清楚。」

她像是激勵自己似地反問：「火村教授……你又是如何解開的？」

「我方才不是說過了嗎？我是自行解讀，只靠著『不閱讀字裡行間無法找出隱藏的文字』，以及『只讀寫出來的內容絕對無法解讀』的提示。我思索著到底是怎麼回事，並盯著暗號看時，發現那短短的內容裡居然包括了全部的濁音和半濁音，所以想到，會不會也用上了全部的清音呢？爲求確認，我先在記事本上寫下五十音，然後請有栖川先生幫忙唸，我自己邊聽邊消掉出現過的音。這是光憑記住暗號也很難在腦海裡進行的作業！結果，我發現清音也幾乎全用上了，只剩下七個音沒有出現，而且這些音中，有好幾個是在日語中使用頻率很高者，只能認爲是製作者刻意的安排。那就是所謂的『字裡行間』和『看透紙背』。」

她沉默了。

火村翻開記事本，讓她看我當助手時，解讀暗號的痕跡。

「若將暗號裡出現的音用斜線消除，只剩下う、え、く、た、の、ら、ん七個音。但是，憑此還是無法明白其意義。反覆推敲後才終於明白，畢竟只有七個音，要重新組合並不困難。答案是『圓桌背面』（註：えんたくのうら）。雖然還可以組合成『託卵之上』或『樂園之歌』，可是兩者在這回的遊戲中完全沒有考慮的價值。而圓桌的背面，當然就是指這裡。」

他握拳敲著桌面。

「如夢囈般連綴的文字毫無意義，沒有必要予以理會，對嗎？問題是，像這樣的暗號，沒有筆記應該無法製作，所以我確信有筆記的存在，但我找過書房卻毫無發現，連紙渣也沒有。其他房間的垃圾筒同樣找不到，也無丟進焚化爐燒燬的痕跡。若丟進馬桶沖掉，當然要找也是白費工夫，但，我認爲應該是被兇手帶走。

柿沼小姐，妳要說自己是和我以同樣的方式進行解讀的嗎？妳剛才的說法實在很難令人相信。妳要堅持能做到也無所謂，可是，如此複雜的作業，怎能不使用紙筆就完成呢？」

她的雙肩無力下垂，不過仍嘗試做最後的抵抗。

「如果……如果我在書房殺害綠川，帶走可以解讀暗號的筆記逃走，爲何沒有馬上取得『圓桌背面』的東西呢？這不是很奇怪？」

「當然，一旦知道地點後，絕對會想盡快取得。可是，妳辦不到，因爲涼亭從十點以前就有人在裡面，包括久居先生、孔一先生和葉月小姐，之後，船曳警部又在該處設置野外專案小組總部，隨時都有刑事在那裡。妳在遠處窺看，涼亭卻沒有完全空無一人的時候。不久，安井發現屍體造成騷亂，妳也失去自由行動的機會，是這樣吧？」

柿沼已無話可說。她像是被暴風雨摧殘的小鳥般，全身萎頓。

「妳如果已有覺悟，就去見警部吧？我們陪妳。請妳自己親口說明遭受殘酷的遊戲玩弄、導致以悲劇收場的始末。只要妳據實說出，不僅刑事和法官，或許連妳最寶貴的人也能體諒。」

她沒花幾秒鐘就做了決定。可能是早已有了心理準備。

「我去。」櫻花色的套裝站起身來。

我已不覺得從山丘上俯瞰的英式庭園有何漂亮了。這裡是殘酷的遊戲基地，是扭曲的心靈所建造出的邪惡、毫無寓意的虛幻遊樂場。

蜿蜒曲折的散步道上可以見到中室莞爾正在走著。從豢養的鎖鏈獲得解放的詩人，正甩動手臂，背對夕陽而行，也許，他正在吟詠眞正的詩吧！

「是你讓屍體坐在窗畔的椅子上？」我試著問珠貴火村未說明之點，心想，也許是抱著憐憫的心理，讓綠川隼人眺望他心愛的庭園吧！

「是的。那樣做的話，就算有人打開房門，看到他這樣，一定會以爲他是在打盹吧？這麼一來，我就能取得多一點時間。」她回答。

事情和我想像的完全不一樣。即使這樣，我腦海裡仍浮現綠川隼人的遺骸正朝向擁有美麗風景的庭園告別的畫面。

「四月是殘酷的月份……好像有這麼一首很有名的詩。」她凝視著遠方，喃喃自語。

「那是英國的詩作。是TS・艾略特（註：TS. Eliot，1888～1965，英國詩人）的詩，April is the cruelist month。」我回答。

「發生這種事的季節。對我而言，不管是未來的哪一年，四月都將是我一生中最殘酷的月份。」

「對我而言也是。每一年的四月都同樣殘酷。」

聽了火村的話，她回頭。副教授坦然面對她的視線。

「我是四月出生的，所以一到四月就又老了一歲。」

雖然極端勉強，她還是擠出了一絲微笑。

後記

接下來雖然屬於雜談，不過會寫到一些可能會讓敏銳的人稍微瞭解到作品眞相的內容，所以請先讀過本文之後再閱讀。什麼，不要？請別講這樣的話。

※

〈雨天決行〉中出現作品中有作品的批判性散文。被白石七惠批判的編輯並非特別指誰，但確實是有這類人的存在。在昨天剛過三十八歲的「叔叔」若寫這樣的東西，一定會被年輕人譏笑吧！我雖然拙於應付所謂的「叔叔」、「阿姨」，但對自稱「永遠保持少年心情」的中年男人更是……眞正能讓人尊敬的還是「實實在在的成人」吧！關於年輕時日的有栖的搭檔對象，聽說有人很失禮地批評「應該只有火村吧」，結果讓他飽受譏嘲，我也感到相當困擾，或許，終有一天會眞相大白。

〈龍膽紅一的疑惑〉是有一次談及已停止創作的某位我所敬愛的作家時，內人亂開玩笑讓我得到的靈感。至於我和內人談了些什麼，就讓各位自行猜想好了，反正是很不得了的玩笑。還好對方現在又重新開始創作，身爲其書迷，我也非常高興。但我必須聲明，龍膽紅一並非描寫特定的對象。

〈三個日期〉從篇名上或許會讓推理迷聯想到鮎川哲也的〈五個時鐘〉。事實上，不僅是篇名，內容同樣也多少意識著該篇，但是請別拿這個短篇和那篇推理傑作相比較。我本來還打算寫「五個日期」的，幸好沒有。

神似「納斯卡」格局的咖啡店確實存在於阿倍野，但是很久以前就已倒閉，不必說，店內也沒我寫的紙卡。不過有好幾次曾在那裡被要求「請在書上簽名」，而寫上出版年月日之前的日期。

〈完美的遺書〉是見到出版社使用專用信箋寄來的信而想到的詭計。我不曾讓文書處理機記錄打出「天才」兩字就變換成自己姓名的漢字，那完全是虛構的行爲。採用倒敘形式具有變換心情的意味，卻很抱歉讓有栖失去露臉的機會。

〈胡言譫語的怪獸〉目標是塑造成有如島田莊司的短篇作品〈線鋸與Z字型〉，但是在雜誌上發表以後，回頭重讀〈線鋸與Z字型〉時，卻發現裡面比我所記得的還包含了更多構想，震驚的同時也感到焦躁不安。這次收錄於短篇集時，特別在最前面補上若干內容，主要也是爲了彌補其中的不足。夕陽丘到新大阪是否能在那樣的時間內到達，就請熟悉兩地的讀者不要過度深入追究。另外，作品中有栖的愛車後來如何了，連我自己都不願再想。

關於標題作，從我發現國名系列的始祖艾勒里．昆恩出乎意料地沒有採用英國之後，我就一直希望有一天能寫篇以「英國庭園之謎」爲篇名的推理小說。有許多人對我說，創作作品中的暗號一定很不簡單吧？事實上正好相反。只要實際創作就知道了（要注意ぢ的使用），沒有比那更輕易就能完成的暗號了。雖然篇名類似彼得・格林納威導演的電影「英國式庭園殺人事件」（註：原名The Draughtsmans contract，中譯名爲「繪圖師的合約」），但是，在該電影中登場的庭園不太像英式，而是屬於荷蘭式。

※

藉這個機會，有一些話想說。

非常感激寫信到出版社給我的各位書迷。我總是很愉快地仔細閱讀，也盡可能地想回信，不過有時實在缺乏餘裕而無法做到，請原諒。收到的信件我會慎重保管，遇到火災的話，絕對會最先帶至安全地方。

非常感激閱讀《英國庭園之謎》的你。

Thank you so much!

一九九七・四・二十七

英國庭園之謎 ／ 有栖川有栖著；林敏生譯. --
初版. -- 臺北市：小知堂, 2005[民94]
面； 公分. --（有栖川有栖；6）
譯自：英国庭園の謎
ISBN 957- 450-379-8（平裝）

861.57 94000062

知 識 殿 堂 · 知 識 無 限

有栖川有栖 06

英國庭園之謎

作　　者　有栖川有栖
譯　　者　林敏生
發 行 人　孫宏夫
總 編 輯　謝函芳
發 行 所　小知堂文化事業有限公司
地　　址　臺北市康定路62號4樓
電　　話　(02)2389-7013
郵撥帳號　14604907
戶　　名　小知堂文化事業有限公司
法律顧問　永然聯合法律事務所
書店經銷　凌域國際股份有限公司
登 記 證　局版臺業字第4735號
發 行 日　2005年3月 初版1刷
售　　價　200元

購書網址：www.wisdombooks.com.tw
本書如有缺頁、破損、裝訂錯誤，請寄回本公司更換。
郵購滿1000元者，免付郵資；未滿1000元者，請付郵資80元。
ISBN 957- 450-379-8

有栖川有栖

有栖川有栖